羅蘭·巴特
LUOLAN BAERTE

喬納森·卡勒爾—著
J. Culler

方謙—譯

中譯本序

　　羅蘭‧巴特是六十年代以來法國和西方最具影響力的文學批評家和文學理論家之一。本書作者喬納森‧卡勒爾則是美國著名的結構主義文學理論家，專治當代法國文學思想。卡勒爾撰寫的這部巴特思想小傳，意在爲一般文學愛好者和研究者提供一個關於巴特其人及其思想的簡明而又面面俱到的導引，因此非常適合於關心國外文學批評及理論的人閱讀。

　　從西方近代文學思想史角度來看，十九世紀的主要角色是小說家，到了二十世紀，特別是第二次大戰以後，文學思想的功能則漸漸轉由文學批評家和理論家來承擔了。這是人類文化思想史上一個有「戰略」意義的轉變。十九世紀的文學思想家主要是以小說形式直接談論或間接暗示個人思想認識的小說家，二十世紀的文學思想家（按：此處專門意義來理解）則主要是批評家和文學研究者。結果，文學思想分析的功能漸漸從百科全書式的小說形式中分化出來。一兩百年來曾強烈地打動過一代代知識分子的十九世紀小說中的心理、社會、人生分析的光彩，本世紀以來開始被文學和其它人文學科研究者的專深分析所遮掩。第二次世界大戰以後，西方小說事業年復一年的不景氣，文學理論的事業卻獲得了空前的發展。當代法國文壇上最有影響的兩位代表人物

——羅伯・格里葉和羅蘭・巴特爲我們提供了一個很有趣的對照：
小說家格里葉不再在小說中表達嚴肅思想，隨筆散文家巴特則不
再關注故事情節（除了將其作爲分析對象）。

卡勒爾在本書中把作爲活生生精神統一體的巴特表現爲兼涉
十類文化和文學活動的天才人物。其實我們不妨用一句話來說：
巴特是一位「文學意義分析家」。首先，巴特是文學家，他的主要
工作對象是文學；其次，他是就文學而探討文學之意義的，很少
援引其它學科（除了語言學）的語言；最後，他的工作的具體形
式是直接分析，而不是學理式推論。與當代許多其他文學理論家
相比，他的一個突出特點是，幾乎從不進行哲學式分析。在文學
理論相當依附於哲學發展的現代，這是頗爲特殊的。

在法國人文思潮從存在主義轉向結構主義的戲劇性過程中，
巴特也有推波助瀾之功。他的處女作《寫作的零度》是對沙特文
學綱領的反駁，他也在書中回答了「什麼是文學？」這個至關重
大的問題。正是巴特使當代文學思想的表現形式從沙特在小說和
戲劇中所做的直接思想宣洩，轉向了冷靜的文學本文分析。另一
方面，這個腹背受敵的我行我素者十年之後又須對付學院派的制
度性壓力。巴特在那場文學大論戰中宣稱，文學的眞理並不掌握
在那些長年主宰文學科學研究的院士和敎授手中，文學科學家並
不像自然科學家擁有自然眞理那樣擁有著文學眞理。這些離經叛
道之論曾使巴特成了衆矢之的，同時也使他成爲六十年代中期法
國文壇上的風雲人物。巴特這個不從既定專業分工格局中追求個
人前途的人，又經十年之後竟不期而然地踏進了法國最高學府
——法蘭西學院。從某種意義上說，這標誌了自由思想對學術制
度的勝利。

本書作者卡勒爾是康奈爾大學英語系敎授，是《結構主義詩

學》、《論解構》等名著的作者。他在將當代法國文學思想介紹給
美國文學界方面功績甚大，同時又是考察法國思潮從結構主義向
所謂後結構主義轉變過程的追蹤研究者。作者試圖在本書中爲已
讀過不少巴特著作英譯本的英語國家讀者作一巴特思想概要。大
概他也像另一位美國著名批評家桑塔格一樣，在「巴特現象」突
然消失之後，萌生了爲這位多才多藝的文學思想家做一總結的衝
動。本書的寫作風格樸實無華，就事論事，不多引申；儘管對還
不熟悉巴特著作的讀者來說難免有時會有略而不詳之憾，但相信
隨著巴特著作中譯本的陸續問世，這本小冊子的可讀性和重要性
也會與日俱增的。

李幼蒸

一九八七年七月於北京

目　錄

第一章 多才多藝的人

　　羅蘭·巴特於一九八〇年逝世，享年六十五歲。當時，他身爲法國最高學府——法蘭西學院的教授。他曾以對法國文化進行尖刻無禮的批判而著稱，現在自己卻成了文化領域的一名專職學者。他的講演吸引過無數各色各樣的聽衆，從外國旅遊者、退休教師到著名學者；他對日常生活的思考曾載於報端；他的《戀人絮語》，這部愛情「修辭學」，竟成爲一部暢銷書，並被搬上了舞台。

　　在法國以外，巴特似乎是繼沙特之後的法蘭西知識分子的領袖人物。他的著作被翻譯成各種文字，並獲有廣大的讀者群。批評界的一位對手維恩·布茲稱他爲「一個也許是今日對美國文學批評界影響最大的人物」，但他的讀者群卻遠遠超出了文學批評家的範圍 ❶。巴特是一位國際性的人物，一位現代思想大師。然而他究竟是那一方面的大師呢？他又爲何會聞名遐邇呢？

　　事實上，巴特的聲譽是源於種種相互矛盾的緣由的。對多數人而言，他首先是結構主義者，或許還是位典型的結構主義者，是對文化現象進行系統、科學的研究的擁護者。作爲符號學這門關於記號的科學的最傑出的推動者，他還描繪了一幅結構主義「文學科學」的略圖。

　　對另一些人而言，巴特並不代表科學，而是代表「歡悅」，閱讀的歡悅以及讀者爲獲得其歡悅而以各自獨特的方式進行閱讀的權利。與以作者爲中心的文學批評（關心於發現作者的所思所念）相對，巴特贊成以讀者爲中心，並提倡那種賦予讀者以積極的、創造性作用的文學。

　　再者，巴特又以先鋒派文藝擁護者著稱於世。正當法國的批評家們抱怨羅伯·格里葉和其它新小說派的小說「不可讀」（充滿雜亂無章的描繪，沒有可以識別的情節或吸引人的角色）時，巴特卻不僅讚賞這類小說，把自己的命運和它們聯繫在一起，並且爲它們辯護，說文學的目的正是由向我們預期心理提出挑戰的「不可讀」的作品來充分實現的。他使符合傳統法則和理解模式的「可讀」的作品與「可寫」的實驗性作品相對。對後一類作品，我們還不知如何去讀，而只能去寫，而且在讀它們時，還必須在心中模擬其寫法。

　　使這位先鋒派文藝贊助者名聞遐邇的不僅是他有關當代實驗派作者的寫作，而且也是關於法國古典作家的寫作，如拉辛和巴爾扎克。他最深切的關懷寄託於「從夏多布里昂到普魯斯特的法國文學」，而普魯斯特似乎又是他最喜愛的作家。人們甚至懷疑，他讚美先鋒派並公然貶低早先的文學，乃是一種高明的策略（有意或無意的），目的是創造一種使他日後再返回到那些早先的作家，且以新的方式去閱讀他們作品的氣氛。

　　最後，巴特因爲是他所謂的「作者之死」的始作俑者而聞名於世。這就是將作者形象從文學研究和批評思想的中心地位中刪除。他在一九六八年時寫道：「一段本文不是一串釋放出單一的『神學性』意義（作者上帝的『信息』）的字詞，而是一個多維空間，在其中的種種寫作均無原始性，它們相互混合著和衝突著。」

（《形象、音樂、本文》，第一四六頁）他卓有成效地極力主張我們應當研究的是本文而非作者。

然而，這位「作者之敵」本人又是一位傑出的作者，一位作家，他豐富多采的作品顯示了一種個人的風格和眼光。巴特的許多作品都是不落窠臼，具有個人特色的，如：《記號的帝國》把遊覽日本的觀感與對日常生活中的記號和其倫理含義的思考結合起來；《巴特自述》是對一位名為「羅蘭・巴特」的人的生平和著作的散亂無章的論述，並避免了自傳的體例；《戀人絮語》有關於情人說話的樣例和慣用語句，而非有關於愛情的研究；而《描像器》則應被看作是對所喜愛的照片的遐思，而非對攝影藝術的分析。這些作品，以其獨特但又令人信服的方式，被正確地讚美為一位作者、一位具有特殊體驗方式的法國散文大師的想像性作品。

這就是羅蘭・巴特，一位矛盾重重的人物，他有著我們應當加以闡明的錯綜複雜的理論和立場。到底應該怎樣來估價這樣一位人物呢？當被問及巴特是那一行的名家時，人們往往回答說是「文學批評」（在法蘭西學院，他喜歡被稱作文學符號學教授）。然而這遠未囊括他的全部成就，何況他的名聲也並非來自他在文學批評界的權威性成就。毋寧說他的影響是與他所概述和支持的種種構想聯繫在一起的，這些構想有助於改變人們有關文化對象範圍的思考方式，這個範圍從文學、時裝、摔跤、廣告直到關於自我、歷史和自然的觀念。

於是，人們會稱讚巴特為一些學科的奠基者、一些方法的支持者，但這也終究不太妥當。每當巴特主張某種新的、雄心勃勃的構想（文學科學、符號學、現代神話科學、敘事學、文學意義史、關於各部門的科學、本文歡悅的類型學）的價值時，他又會

迅速地轉移到其他方面去。他往往會放棄自己曾支持過的事物，以諷刺的或輕蔑的口吻去描寫先前所關注的事物。巴特是一位善於播種的思想家，但當幼苗長出來以後，他卻企圖拔掉它們。當他的構想正逐步得以實現之時，這些構想又都離他而去，不再與他相干了。

　　拒絕受鉗制，無休止的變動，目的並不在於改正錯誤，而是為了躲避過去。這種情況可能會使讀過巴特一部作品，並為其見解激動過的任何人感到不快。人們往往責備巴特欠缺堅毅的品格，並讚賞那類在葡萄園裡踏踏實實苦幹的人，他們不會被天邊誘人的新景色吸引而去逃避艱苦的勞作。然而，巴特吸引我們之處卻正在於他富有刺激力，而且很難把那種使我們沈浸於其作品中的東西、與他永遠企圖採取新構想的觀點，以及跟日常觀念斷絕的那種傾向分開。對特殊構想的持久獻身說不定反會使巴特變成一個創作力較低的思想家。

　　巴特的最熱情的崇拜者們承認這種看法，他們讚許這種追求變化的願望，這種不甘受鉗制的心願。他們不把巴特的寫作當作有助於我們的理解而予以評價的那種研究，而是當作個人冒險的因素。實際上，他們通過探求作品背後的人格、個人的思想風格來克服巴特的矛盾。他們讚許他的自強不息的精神，而非他的結構分析；讚許他的追求興味和歡悅的意願，而不重視他在某一領域中的成就。

　　在法蘭西學院，一位新的教授在發表就職演說時，都要按照傳統闡明他對本專業的研究方略，而巴特在就職講演中卻並未談及如何發展一門文學符號學或如何增進知識，他只是談論「忘卻」：「我設法使自己被有生命物具有的忘卻力量所支配。」(《就職講演》，第四五／四七八頁) 他沒有提議去教授他所知道的東

西，而是提出要體現「擺脫記憶，即聽憑不可預見的變化的擺佈。
這些變化是『忘卻』加諸於人們所經歷的知識、文化和信仰的沈
積之上的」。他借用了一個表示智慧的希臘字sapientia來代表這
種忘卻運動，這種記憶的擺脫，但卻爲它下了自己的定義：
「spapientia：無需權勢，一些知識，一些智慧以及儘可能多的趣
味。」（《就職講演》第四六／四七八頁）

　　巴特是永遠富於趣味的，尤其是當他以出人意料的措辭，似
乎使自己易受人們攻擊的時候。那種認爲巴特本質上是富有趣味
的人的看法是言之有據的，因爲它符合兩類有影響者的看法。一
類人是巴特的崇拜者，對他們而言，巴特的每一部作品都是「羅
蘭之歌」；另一類人是記者，他們能比理論家更樂於討論個性問
題。巴特的「擺脫記憶」，他對早先立場的忘卻，曾使法國報界按
後來變得受人尊敬的激進者的一般模式來描繪他的經歷：他在厭
惡系統、原則和政治之後，與社會達成了和解，以便享受後者的
快樂和追求個人之實現。早先和中年時期的政治立場和社會批評
只是他的二十六種趣味中的幾種而已。這幾種趣味後來被成熟期
時爲修養個性而逃避理論的巴特拋棄了。他對先鋒派文學「空談
式」的宣揚，可被看成是一位後來返歸法國古典文學者的青年時
代的情熱。那種推動巴特超越每一立場和每一構想的擺脫記憶的
傾向，被看作是他轉而擁抱的法國文化和法國社會最終價值的明
證。在他臨死之際，這位資本主義社會及其神話的批評家竟被政
治家們稱讚爲法國文化界的一位溫和的代表人物。

　　法國以外的讀者也許不大關心公共輿論如何理解巴特的轉
變，也不大關心他的政治觀或他與先鋒派文藝的準確關係（一九
七一年他宣稱，他的歷史地位是處「在先鋒派的後衛上」。《訪問
記》，第一〇二頁）。當然，這類問題必定始終附屬於本書的首要

任務——闡明巴特多種多樣的理論立場和貢獻。但是人們倘若要
閱讀巴特的作品，就必須面對如何理解他的思想這一基本問題。
巴特的崇拜者們由於不斷地將巴特的作品只是當作慾望的表達，
而非當作有待深思、發展或證實的論辯，從而冒了將其作品庸俗
化的危險；而且也由於巴特本人嘲笑自己以往言行的作法，就更
加鼓勵了這種傾向。例如在《巴特自述》一書中，他討論了在自
己較早的研究中有過重要影響的一些雙元對立組，如在**可讀的**
(lisible)和**可寫的**(scriptible)、直接意義和含蓄意義、隱喻和換喻
等等之間的區別。在題為「贗品」的這一小節中，他稱這些對立
組是使其得以維持寫作的「生產修辭術」。「對立（像一枚硬幣一
樣）是被鍛製的，但人們不打算去尊重它。那麼它又有何用呢？
很簡單，它被用來去說話。」（第九六／九二頁）在「寫作機器」
一節中，他談到了自己對概念對立的熱情。「就像一個魔術師的魔
杖一樣，概念，尤其當它是成雙的時候，就建立了寫作的可能性。
他說，正是在這裡產生了說話的可能性。因而作品是按照對概念
的迷戀、連續的激情、可消失的狂熱而展開的。」（第一一四／一
一〇頁）

　　《巴特自述》中這種幽默的自嘲是很有誘惑力的；人們在年
長的巴特的鼓勵下覺得已優於年輕的巴特了，因為年輕的巴特誤
將自己的狂熱當成了正確的概念。但是一個有理智上好奇心的讀
者至少應當停下來問一下，這是否是閱讀巴特的最好途徑呢？而
且巴特對他先前的作品所賦予的表面上的非神秘化，難道不是一
種再神秘化，一種巧妙而時髦的遁詞嗎？假如衡量一個人過去的
概念有困難，那麼人們往往會斷然宣稱這些過去的概念也許只是
那種對隱蔽的寫作慾望的迷戀或表現。這樣也就使一位作者與其
他作者聯繫在一起了。巴特對自己過去作品的嘲笑或許有助於創

造一種巴特的神話。《巴特自述》中的這些段落甚至可被讀解爲一種自我炫耀的方式：就像一名年輕自行車手喊道：「看，媽！沒用手！」巴特也在喊：「看，媽！沒用概念！」作家也許在進行這樣的表白時獲得了快樂，也就是說，他的寫作不是由有意義的理論所支持，而是由可消失的狂熱所推動的；他寫作的聲譽不是基於其認識的價值，而是基於其概念的偏執和持續激情的潛力。

即使巴特不這樣看待他的作品（而且他的寫作具有太多的遊戲性，以致難以認可一種確定的結論），我們也不須像他一樣將其作品當成一系列的偏執。這些偏執並不如它們所表達的基本慾望那麼重要。雖然人們也許有探求一個統一的、基本的慾望的需要，希望以此去發現一個「眞巴特」。然而對巴特來說，更爲眞實的（對他的寫作作品集和對他介入其時代的天性來說更爲眞實的）似乎是讓他保持其變色龍一般的本色。這個人精力充沛地、富於創意地參與了一系列十分不同的構想之實現。我們不必尋找一個還原性的統一體，而應讓他保持多才多藝者的活力，他捲入了一套套有價值的一般活動，但這些活動彼此之間並無共同之處。

如果我們必須尋求統一性，如果我們仍然覺得需要將巴特這個人用一句話總括起來，那麼，可以像約翰·斯塔羅克在一篇有用的論文中那樣把他稱作是「文學心靈的無與倫比的燃火者」❷。我們還可以像巴特談到一般作家時那樣說，他是「一位公衆實驗家（《批評文集》，第一〇／xii頁）。他在公衆之中，他爲了公衆而實驗其觀念和體系。一篇名爲〈什麼是文學批評？〉的文章進一步發展了這種觀念。巴特強調批評家的職責不是去發現一部作品的潛在意義（過去的眞理），而是爲我們自己的時代構造可理解性（《批評文集》，第二五七／二六〇頁）。去構造「我們時代的可理解性」，即去發展處理過去和現在諸現象的理智構架。人們可以強

調，這正是巴特的基本活動，他最持之以恆的關切。巴特在一次
晤談中說：「在我的一生中，最使我入迷的事情就是人們使其世
界變爲可理解性的方式」（《音粒》，第一五頁）。他的作品試圖向
大家指出我們是如何辦到這一點，尤其是我們正在怎樣辦到這一
點的。那些在我們看來似乎是自然而然的意義，其實都是文化的
產物，是人們熟視無睹的理智構架的結果。巴特在向習見挑戰和
提出新觀點時，揭示了使世界具有可理解性的習慣方式，並致力
於改變這種方式。把他當作爲我們時代構造可理解性基礎而工作
的公衆實驗家，將有助於充分說明他的寫作中那些令我們困惑費
解的東西，同時又可維持這些作品中的一系列立場和觀點。我將
通過描述巴特探討過的各種不同的構想來這樣做。

　　首先，對巴特生平做一簡單介紹會爲以後的討論提供參照
點。巴特成名之後，採訪者常常問及他的生平，他在略示猶豫之
後，又馬上自願地談了起來，他一直強調說，「任何自傳都是一部
不敢說出其名字的小說」（《訪問記》，第八九頁）。稍後，我們將
討論巴特傳記體小說的某些文學性質（如在《巴特自述》中顯示
的）。目前我們所關心的只是一些事件和特殊的主題。

　　巴特一九一五年生於一個新教的中產階級家庭。他的父親（一
位海軍軍官）在戰爭頭一年中戰死，巴特隨母親及祖父母在巴揚
納度過幼年時期，那是法國西南角大西洋海岸邊的一座小城。在
《巴特自述》中談到他的少年時代時（這本書的序言提醒讀者：
「這一切都應看作是一部小說中的角色自白」），他特別指出了音
樂（他的姑媽是鋼琴教師，只要鋼琴一空下來，巴特就去彈奏）、
資產階級說話的背景（例如，外省女士們前來飲茶時的談話）以
及迴盪著某種懷鄉思緒的童年畫面和音聲。九歲時，巴特隨母親
遷移至巴黎。母親靠當裝訂工的微薄收入養家，此時他的環境是

學校（假期則在巴揚納度過）。巴特對自己的學生時代甚少談及，但他是一位好學生，一九三四年中學畢業後，曾計劃競爭高等師範學院的名額，這是最優秀的學生謀求其大學教育之地。但肺結核初次襲來，他被送往庇里牛斯山區療養。一年後返回巴黎，續修法語、拉丁文和希臘文大學學位，花費許多時間演出古典戲劇，並幫助建立了一個劇組。

一九三九年戰爭爆發，免除兵役的巴特在比阿里特和巴黎的中學裡任教，但一九四一年肺病復發，中止了工作。此後五年間（大約爲德國佔領時期），他在阿爾卑斯山中的療養院中度過，這段期間他生活頗有規律，閱讀了大量書籍。他說，他當時還是一名沙特主義者和馬克思主義者。後來，他的病在巴黎痊癒後，巴特獲得了去海外教授法文的職位，先在羅馬尼亞，然後在埃及。在埃及，經由同事Ａ・格雷馬思介紹，他了解了現代語言學。

回國以後，他在主管海外教學的政府文化部待了兩年。一九五二年，他獲得了一筆獎金去撰述有關詞彙學的論著和十九世紀初葉社會辯論的詞彙學。儘管這一研究進展不顯著，他卻發表了兩部文學批評的著作：《寫作的零度》（一九五三）和《米歇萊自述》（一九五四）。失去獎金之後，他在一家出版社工作了一年，同時撰寫了大量文章，包括許多有關當代文化的短評，後來都收入於一九五七年發表的《神話學》一書中。一九五五年經朋友幫助，他又獲得另一筆獎金，這次是進行有關時裝的社會學研究。此項研究成果即一九六七年發表的《時裝系統》一書。一九六〇年，當這筆獎金用完後，他在大學系統外的一個機構——「高等研究實驗學院」中謀得一個職位，一九六二年成爲該院正式教師。同時，他發表了有關「新小說」和其他文學主題的若干隨筆，稍後結集於《批評文集》（一九六四）中；後來又發表了一部意在追

求一種記號科學觀的《符號學原理》（一九六四），並撰寫了後來
曾引起廣泛爭議的著作《論拉辛》（一九六三）。

　　直到一九六五年前，在法國思想界，巴特都是一名積極的、
但地位卻模稜兩可的人物。當時索邦大學教授萊蒙・皮卡爾發表
了《新批評還是新騙術？》的著作，專門攻擊巴特，他這些譴責
的言論爲法國報界收集編寫之後，使巴特成爲文學研究領域中集
激進、謬誤、不恭於一身的代表人物。雖然皮卡爾反對的主要是
巴特討論拉辛時所用的精神分析學表述，但這場爭吵卻迅速變成
古典作家和現代作家之間的一場大論爭，並使得巴特的惡名傳播
到世界各地。巴特在《批評與眞實》（一九六六）這部書中答覆了
皮卡爾，並提出了一種結構主義的「文學科學觀」。他在有關修辭
和敍事的一系列文章中都對此加以討論。另外，在以後幾年，他
又發表了兩本關於結構主義的著作：《薩德、傅立葉、羅耀拉》
（一九七一），此書把這三位令世人震驚的思想家當作論述體系
的奠基者；而《S／Z》（一九七〇）則是巴特一部最詳盡的文學分
析。同時，日本之行產生了《記號的帝國》（一九七〇），巴特自
稱在寫作這本書時所獲得的歡愉要大於其他任何一部書。

　　六十年代末，巴特已成爲巴黎名流，與李維史陀、傅柯、拉
康等人並稱於世。在各方促請下，他首先接受了旅行和講演的邀
請，盡情享受著異國他鄉的綺麗風光，卻無須與陌生人交談。巴
特既非像熱情洋溢的表演家傅柯，也不像喜愛聽衆百依百順的拉
康，他很快就厭倦了講演旅行，寧可留在巴黎郊區度過大部份時
光，在高等研究學院主持研究班和與友人晤談。

　　作爲一名結構主義者，正當巴特的名氣如日中天之際，他卻
發表了兩部大大改變他名聲的作品：《本文的歡悅》（一九七三），
書中對閱讀和歡娛的思辨闡明了他思想中的倫理性格；另一本是

《巴特自述》（一九七五），這本書對日常經驗所做的精緻的理論
分析以及它那有引誘力的自貶語氣，使其獲得了作爲一名作家的
新地位。一九七六年，他被聘擔任法蘭西學院教職，一九七七年
在塞里西舉行了爲時一週的巴特作品討論會。但是巴特拒絕成爲
專業式學者，並立即發表了他的《戀人絮語》（一九七七），此書
收集、探討了情人之間富於情感的語言。沒有什麼比這本書更讓
文學、理論界先鋒派的關心者感到陌生的了，但這本非正統著作
結果卻極爲流行，並使得巴特的形象遠遠超出了一名書齋學者的
範圍。

　　一九七八年，他的作家地位得以確認，然而那種確認方式卻
使他頗爲不快：一部嘲諷作《羅蘭·巴特語初階》（就像在《法文
初階》中的用意一樣）打算用十八課簡易課程教授人們如何說羅
蘭·巴特語，這種語言與法語具有某種類似性。巴特現在成了值
得人們模仿的文體學家了。採訪者不斷詢問他是否會寫一部小
說，雖然他一般說不，但卻在法蘭西學院開了幾門「小說準備」
的課，討論作家關於他們打算產生的東西的形象以及他們不同的
工作方式。在巴黎這個精神分析學已成爲思想界首屈一指的時髦
玩意的都市裡，巴特卻似乎成了傳統文學價值的主要擁護者和有
關主要的日常生活的非精神分析派的理論家。《描像器》（一九八
〇），這本部份地獻給母親的書是關於攝影的。他的母親死於一九
七七年十一月，這對他是一次重大的打擊。他下一步將做什麼？
他的天才會把他引向何處？這樣的問題成爲一個眾人關注之謎。

　　一九八〇年二月，巴特在參加完一次與社會黨政治家和知識
分子的午餐會後，穿過法蘭西學院門前的大街時，被一輛洗衣店
的卡車撞倒。雖然他曾康復到可以接待來訪者的程度，四星期後
卻仍然逝去。他的猝然逝世使其生平更成爲一個謎團。這不是使

一位大學者突然中斷了某種偉大計劃的悲劇性的死亡，因為沒有人敢肯定本來是否將有一部巴特的最佳作品問世。有誰知道他會繼續幹些什麼或他會再進行什麼實驗呢？

在巴特一生中，如他自己追敍時所說，有三個特殊的因素。首先是一個家道中落的中產階級家庭中毫無戲劇性的、捉襟見肘的貧窮生活。巴特在談到自己時說：「他在成長期中遇到的問題當然是金錢，而不是性。」（《巴特自述》，第五○／四五頁）他不是在談貧窮，而是在談錢財上的**拮据**(gêne)──節衣縮食地去買教科書和鞋子，並使他聯繫到日後拮据的反面──**適意**(ease)。對巴特來說，快樂不意味著奢華，而意味著適意。

其次是肺結核，這個疾病兩次阻礙他走上學術之途，而且更重要的是，強加給他一種特殊的生活方式。巴特說他的身體屬於托馬斯·曼的《魔山》的世界，在那裡，肺結核的醫治肯定是一種生活方式。巴特逐漸習慣於一種以對身體持續不斷的認識為基礎的有條不紊的生活，這種生活有著大量的閑談，有著病友之間長期共處而產生的友情，卻很少有外部事件。

第三，巴特委婉地談到一段「職業不穩定期」：從一九四六到一九六二年間斷斷續續式的生活，沒有明確方向，也沒有可靠職業。後來，當名聲帶給他機會發揮明確的、公共的和職業的作用時，他並未如人們所期待的那樣利用自己的名家地位。他談論的是對趣味的願望而非權勢，他甚至於似乎在避免追求本可運用的權勢──雖然他的謙遜本身就具有某種獨特的權勢。

我們可以將巴特生活的這些方面與他的寫作聯繫起來，推導出他因自身經歷的各個方面所採取的立場。巴特本人有時也企圖這麼做，但這類作法大多欠缺說服力：每一種假定的原因（貧窮、肺結核病、職業不穩定）都有眾多的可能結果；對巴特每一部寫

作的主要影響毋寧說是寫作所捲入的構想本身。他具有驚人的創造力，但首先是他善於見微知幾，善於察覺到那種可被把握、發展，並創造性地將其塑立爲一個新構想中主導概念的東西。他對能引起人們驚異和興趣的東西，對能產生吸引力並令人驚詫的悖論或反常的言論極爲敏感，因此，環境對他是重要的，他在這個環境中寫作，又以環境作爲寫作的對象。他的博學多才不但別具一格，更可用於實驗我們時代的可理解性因素。

註　釋

❶維恩·布茲：《批評的理解》（芝加哥大學出版社，一九七九），第六九頁。

❷J·斯塔羅克：《羅蘭·巴特》，載於《結構主義及其之後》（倫敦牛津大學出版社，一九七九），第五二頁。

第二章　文學史家

　　巴特一直對歷史有興趣，理由有幾種。首先，歷史起著自然
的對立面的作用。各種文化企圖裝作表現出人類狀況的結構和慣
習的自然特徵，但實際上，它們卻是歷史性的，是歷史力量和人
類利益的產物。巴特寫道：「當歷史遭到否定時，它才確實無疑
地發揮作用。」(《寫作的零度》，第九二頁) 歷史研究通過表明種
種慣習何時和怎樣形成來使一種文化的意識形態非神秘化，並揭
示其前提只是意識形態而已。

　　其次，巴特珍視歷史是因為以往各時代與當代的疏異性，而
且它們還能啓示我們對現時代的理解。他在《批評文集》中寫十
七世紀道德學家拉·布呂艾爾時提出，我們應當「強調一切使他
的世界與我們的世界分開的東西，以及由這種時代差距而啓示我
們理解自身的東西；這就是我們在這裡的工作：讓我們來討論
拉·布呂艾爾著作中一切與我們很少相關，甚至根本無關的東西。
然後，我們也許將最終把握住他作品的現代意義」(第二二三／二
二三頁)。歷史正因為它的疏異性才使人發生興趣，才顯示出它的
價值。

　　第三，歷史的作用還在於它可提供一段故事以使現代可被理
解。這就是巴特在他最早一部文學批評著作《寫作的零度》中企

圖做的。他描繪了一種寫作的歷史（一種有關文學觀念和制度的歷史），這種歷史將爲當代文學定位，並有助於人們對其評價。當代最偉大的文學知識分子保羅‧沙特在一九四八年發表了一部頗有影響的書——《什麼是文學？》。這本書通過追敍一段簡史來回答這個問題時，它主張當代文學爲實踐自己的諾言應當擺脫唯美主義和語言遊戲，從而轉向對社會和政治的承諾。巴特則提出了另外一套文學史觀，這就導致了對當代文學的一種不同的評價。

按照沙特生動而令人信服的論述，十八世紀晚期的法國作家是最後一批找到正確而有效的文學功用的人，他們向強有力的聽衆明確地表達了一種進步的世界觀，同時也是他們自身的階級觀。但自一八四八年後，當資產階級發展了一種意識形態以維護和論證自身新興的支配作用時，簡言之，作家們或者不得不屈從於資產階級的意識形態，或者就譴責它，並使自身成爲政治上不起作用的被放逐者。自此以後，最「高級」的文學就變成了一種沒有適當聽衆的、模稜兩可的活動。福樓拜和馬拉美選擇了專門化的「不介入」的文學，而二十世紀的超現實主義者選擇了沙特認爲是逃避性的和理論上否定性的方向，這使他們避開了與世界的嚴肅性相接觸。

沙特論證說，他自己這一代的作家，稟賦著二次世界大戰和抵抗運動中對「歷史性」的強烈體驗，可以認識、領悟使命承諾的重要性，並使文學成爲「它本質上所是的東西，即採取立場」。「我們作爲作家的職責在於再現世界，並作其見證。」在沙特看來，詩歌可以用語言來進行遊戲和實驗，而散文則使用語言：去命名、描述和揭示。

　　　　一位作家的職能即是什麼說什麼。如果字詞病了，
　　就要由我們來醫治。很多作家並不這麼想，反而依靠這

種疾病維生。現代文學在很多情況下是一種字詞的癌症……尤其是，我相信沒有什麼比稱作詩意散文的文學實踐更可悲的了。這種散文使用字詞來製作那種晦暗不清的和聲學，它迴盪於作家耳際，充滿了與明晰的意義相對立的含糊不清的意思。❶

作家應該用一種有效的、透明性的語言對事物直呼其名。沙特在散文無含混性的、透明的語言和詩歌的半透明的、暗示性的語言之間所做的區別，意味著一切在福樓拜之後的先鋒派文學特有的語言運用都應限制在詩歌領域內，同時也意味著從福樓拜、馬拉美到超現實主義及其以後的文學史，是一部錯誤和衰落的歷史。巴特贊成沙特的如下信念，即在文學和歷史、社會之間應存在一種重要的關係。此外，巴特也贊成沙特的如下看法：十八世紀的作家具有令人欽羨的處境（參見他有關伏爾泰的論文〈最後一位快樂的作家〉，載於《批評文集》）。他還接受那種在法國比在別處更易為人理解的主張，即一八四八年是一個轉折點（巴特說，自福樓拜以後，文學既是對語言的沈思，也是與語言的糾結）。巴特反對的則是沙特有關語言和文學的這種論述，即把自覺的和現代主義的文學說成是一種可悲的、非道德的畸變和「字詞的癌症」❷。

因此，巴特一開始就對沙特有關政治上有效的語言（即直接的、透明的、直接字義的語言）的看法提出大膽的挑戰。

埃貝爾（法國大革命時代一位活動家，編輯過一份報紙）在開始編寫每一期《杜歇納神父》的時候，總要用一些「見鬼！」和「媽的！」等字眼。這類粗俗的字眼並不意指什麼，卻含有某種意思。為什麼呢？它蘊含著當時整個革命的情勢。因此，我們看到了這樣一種寫

作方式的例證，其作用不再只是去交流或表達，而是強
加上了某種語言之外的東西，它既是歷史，又是我們在
歷史中採取的立場。（《寫作的零度》，第九／一頁）

一切寫作都含有記號，像埃貝爾的粗話一樣，它們指示著一
種社會風尚，一種與社會的關係。一首詩只通過其在書頁上的配
置方式，即以記號來傳達著什麼，「我是詩歌；不要像你談其他語
言一樣地來談我。」文學有好多種表達「我是文學」的方式，而
巴特的書則是有關這些「文學記號」的一部簡史。散文並非像沙
特設想的那樣是透明性的。即使最簡單的小說語言（如在海明威
或卡繆的小說中那樣），也都以間接方式表達著與文學和與世界
的關係。一種被拆卸的語言不是自然的、中性的或透明的，而是
與文學機制的一種精心交遇；它對文學性表面的拒絕本身就是一
種文學寫作的新方式，如像巴特所說的那樣，是一種可識別的寫
作方式(écriture)。一位作者的語言是他繼承而來的，而他的風格
卻是個人性的，或許是語言習慣和偏執的下意識網絡。至於其寫
作方式則是從歷史可能性中進行選擇的結果。它是「一種設想文
學的方式」，「一種對文學形式的社會性使用」。

巴特說，從十七世紀到十九世紀的法國文學運用著一種獨特
的古典寫作方式，其特徵主要是對再現性語言功能的信任。當拉
法耶特夫人寫道，湯得伯爵在得悉妻子因另一男子而受孕時，「想
到在這種情況下自然應當想到的一切」，她表現出與幾乎兩個世
紀後的巴爾扎克所具有的同一寫作功能觀。巴爾扎克曾寫道，歐
仁尼是「那類青年人中的一位，他們是因不幸而注定要去工作
的」；或者，于羅男爵是「那類男人中的一位，他的眼睛一見漂亮
女人就閃閃發光」。這類古典寫作方式是基於這樣的假設之上，即
文學指示著一個熟悉的、秩序井然的可理解的世界。在這裡，由

於寫作含蘊著普遍性和可理解性，所以也是政治性的。

在古典寫作內部存在著思想和風格之間廣泛的分歧。反之，巴特認爲，幾乎可以說是同時代人的巴爾扎克和福樓拜之間，思想分歧儘管很小，寫作方式之間卻有著根本的差異。巴特繼續說，一八四八年之後，資產階級意識形態的有偏見的特徵變得明顯了。以前作家假定作品本身具有普遍意義，現在則必須把寫作只看成是寫作。寫作就是自覺地與文學鬥爭。

> 大致上存在著若干發展階段：首先是文學製作的匠藝意識，這種製作被精化到痛苦而躊躇不安的程度（福樓拜）；然後是在同一類書寫內容中想將文學和文學理論等同化的那種雄心大志（馬拉美）；然後，想方設法逃脫文學套語的希望，辦法是不斷地延遲文學的產生，宣布正要寫作，並將此宣布導入文學本身（普魯斯特）；接著，深思熟慮地、系統地將字詞意義無限擴大，而不執守字詞所意指的任何單一的意思，並以此來檢驗文學的誠摯性（超現實主義）；最後，反了過來，使字詞意義精細化至企圖達到一種文學語言定在(dasein)、一種寫作中性化（雖然不是純潔）的程度：這時我想到的是羅伯—格里葉的著作。（《批評文集》，第一〇六－一〇七／九七－九八頁）

然而，在一九五三年，巴特考慮的還不是羅伯—格里葉，而是阿爾伯特・卡繆，後者正企圖達到那種中性的、非感情化的寫作境界，巴特稱之爲「寫作的零度」。沙特把卡繆的「白色寫作」看作是拒絕承諾使命，巴特則將其寫作看作是歷史地介入了另一個層次，正像福樓拜以來的自覺文學中的其他例子一樣：這個層次就是假定與「文學」和其有關意義和秩序的鬥爭。嚴肅文學必

須對自身、對文化藉以使世界秩序化的規約加以質疑；其根本的潛力正表現在這裡。但是「沒有那種寫作是永遠革命的」，因為對語言和文學規約的每次反叛最終均可恢復至一種新的文學方式。

巴特這第一本書——《寫作的零度》，是一部奇特的批評著作。它很少提及文學作品，幾乎未提供例證——唯一的引文取自由共產黨知識分子伽羅蒂所寫的一部未指名的小說。其後，在《論拉辛》中有關文學史的一篇文章裡，巴特批評文學史家雖然運用了歷史方法，卻忽略了研究對象的歷史性質。在這裡，我們似乎正好遇到了一個相反的問題：巴特強調了他的對象（寫作或文學的功能）的歷史性格，卻欠缺一種歷史方法。關於古典寫作方式的觀念很不具體，讀者必須為自己想像例證。巴特是既不分析也不證明，他甚至並不回答沙特（正文中根本未提及沙特的書）❸。寧可說，他似乎在實驗沙特的文學觀：將其改變以便產生關於文學史和對後福樓拜寫作方式評價的不同觀念。

在對文學史進行這次簡短的突襲時，巴特做了三件事。首先，他斷言「文學語言必介入政治和歷史」。寫作的意義不僅是政治內容或作者公開的政治承諾的問題，而且也是作品介入文化的文學世界秩序的問題。遺憾的是巴特未曾以詳細的分析表明人們可能如何來決定實驗性寫作的政治含義，但他提出，文學對語言的探索和對承繼法則的批判，釋發出了可貴的烏托邦的和質詢的衝動。他最令人信服的地方是他指出，那怕是政治宣傳品，都以間接方式進行寫作，所以評估寫作的政治意義絕非輕而易舉之事。

第二，《寫作的零度》確立了一種促進關於文學思想的總的歷史敍述法。後來，巴特竟把他在此建立的有關一種非自覺的、再現性的文學的歷史複雜化了。這種文學在一八四八年後被一種自覺的、有疑問的、實驗的文學所取代。在《S／Z》中，他區分了可讀的作品和可寫的作品。可讀的即我們知道怎樣去讀的東西，

這類作品都具有某種透明性；可寫的則是自覺的作品，它抗拒閱讀。這一新的歷史區分與當前閱讀實踐的聯繫，較諸其與歷史事件的聯繫更爲明顯，但它是植根於古典寫作與現代寫作間的區別中的。巴特曾按此區別，首次試圖使現在成爲可理解的。

最後，巴特在專注於文學記號的同時（從寫作涵蘊著一種文學樣式的角度看），又使我們和他本人都注意到一種擴散卻有力的第二意義層次。對此，他將以多采多姿的方式繼前人之後進行研究。巴特將這種第二級的意義稱爲「神話」，他正是作爲一名「神話學家」首次獲得聲譽的。

註　釋

❶保羅‧沙特：《什麼是文學？》（巴黎，格里瑪出版社，一九四八），第三
　三四、三四五、三四一頁；《什麼是文學？》（倫敦，梅森出版社，一九
　七○），第二○六、二一二至二一三、二一○頁。

❷巴特在《批評文集》中用作家(écrivain)和作者(écri vant)之間的區別取代
　了沙特的詩人和散文作家之間的區別。作家進行語言的探索，而作者卻用
　語言詳細地寫出或全部地寫出他的信息。對巴特來說，一切使人感興趣的
　作家都是écrivains。

❸巴特在一九七一年回答一次採訪時說，他在《寫作的零度》中企圖「使沙
　特的承諾觀馬克思化」（《訪問記》，第九二～九三頁）。遺憾的是，我們不
　能完全信任他的回憶，因為他也宣稱，那時他從未聽到過M‧布朗肖，可
　是這個人卻顯著地出現在《寫作的零度》一書中。巴特引用了布朗肖論卡
　夫卡和論馬拉美著作的話，並指出這是他本人觀點的來源。

第三章 神話學家

　　從一九五四到一九五六年間，巴特每月都爲《新文學》雜誌撰寫簡短的特寫文章，稱爲「本月神話學」。他在文中報導說：「我非常討厭在有關當代生活的談論中看到人們把自然和歷史處處混在一起。」而且在討論大衆文化的各個方面時，他企圖分析被錯當成自然性的社會固定型式，把「自然之理」揭發爲一種意識形態的強制作用。這些文章都被收在《神話學》一書中，其中最後一篇長文是〈今日神話〉。這是巴特一本最有趣也最容易讀懂的書，但它卻提出了一個難以克服的困難：巴特究竟用「神話」來指什麼呢？

　　在許多場合，當他揭示看似自然的意識形態涵義時，「神話」一詞就是指有待揭露的欺騙。一個恰當的例子是他對一幅稱作「人類大家庭」的照片所作的說明。巴特寫道，「照片的目的在於指出世界各國日常生活中人類行爲的普遍性」，在於暗示「生、死、工作、知識、遊樂永遠產生於相同的行爲類型」，因此形象地表現出形形色色的人類猶如一個大家庭（第一七三／一〇〇頁）。這幅照片通過呈現人的多樣性特徵，把具有多種多樣容貌和外表的人物頌揚爲一個大家庭，於是，這個神話就掩蓋了人們在其中生死工作的根本不同的社會、經濟條件。「這裡的一切……目的在於壓制

決定性的歷史內容，將一種共同的人類天性置於人類外表、制度
和環境的表層差異之下。」巴特說，「進步思想必須永遠記住推翻
這個表示極其古老的欺騙的詞，並不斷在自然中抹消其『法則』
和『界限』，以便在那裡發現歷史，並最終把自然本身確定為歷史
性的。」(第一七五／一〇一頁)

　　展覽廳中的每一張照片都表現著一個人的場景；它們被這樣
集中在一起以後，就獲得了巴特想去揭露的二級神話意義。其他
事物和行為，甚至那些最功利性的，都有同樣的作用，都具有社
會習慣所加於的二級意義。例如，在法國，酒不只是諸種飲料之
一，而且是一種「圖騰飲料，相當於英國皇室在慶典時飲用的荷
蘭牛奶或茶」。它是「一種集體道德的基礎」。對法國人來說，「信
奉酒是一種強制性的集體行為」，而飲酒是一種社會團結的儀式
(第七五～六／五六～九頁)。文化在產生神化意義時，總試圖使
它們本身的規範顯得像是自然事實一樣：

　　　　法國全體深陷在這種匿名性的意識形態之中：我們
　　的報紙、電影、黃色文學、禮儀、司法、外交、談話、
　　關於天氣的閒談、謀殺案的審判、婚禮、夢想的廚房、
　　衣服穿著，日常生活中的一切東西，都依賴於這樣一種
　　有關人和世界關係的再現論。這是資產階級擁有的，並
　　也要我們擁有的……資產階級的規範被體驗為自然秩序
　　的自明法則。(第一二七～一二八／一四〇頁)

　　然而，倘若「日常生活中的一切」都成了神話學家的領域，
神話就不僅是應該加以暴露的欺騙，像關於人類大家庭的神話那
樣。雖然「酒的美德」是神話，它卻又並非就是一種欺騙。巴特
指出了神話學家面臨的難題：「在客觀上酒是好的，而同時，酒

的美好又是一個神話。」(第二四六/一五八頁)神話學家關心酒
的形象——不是它的性質和效果,而是由社會習俗加之於的二級
意義。雖然巴特一開始就指出了神話的欺騙性,但很快又強調神
話是一種通信形式,一種「語言」,一種二級意義系統,頗類似他
在自己前一部書中討論的寫作方式。例如,埃貝爾的粗話具有作
為語言記號的一級意義,但其神話意義更為重要——「粗野」被作
為革命的記號了。《神話學》還提供了另一個例子:一個學生打開
拉丁文語法課本,從《伊索寓言》裡有關獅子要索取最大一份的
故事中找到一個句子——quia ego nominor leo(因為我的名字
是獅子),他看到的一級語言意義遠不如該句傳達的二級語言意
義重要,這就是「我是一個說明謂語一致性的語法例子」(第二○
一/一一六頁)。在文化中,人們可以說每件東西都能作為例示:
一塊法國麵包就意指著法國性(Frenchness)。

　　正如巴特現在所強調指出的那樣,《寫作的零度》不只是文學
史中的一次活動,而且是「關於文學語言的一部神話學。在書中
我把寫作定義為文學神話的能指,即一種已經充滿語言意義的形
式,它從時代的文學概念中接受了一種新的意義」(《神話學》,第
二二一/一三四頁)。無論它的語言內容如何,寫作意指著對文學
形式的一種態度,因而也就是對意義和秩序的一種態度;它促成
了一種文學神話,並通過這種神話在此世界中起了作用。《神話
學》對一系列較不重要活動的意識形態涵義的探索,是有助於揭
示文學神話如何具有社會意義這一問題的。

　　巴特這些隨筆短文的目的是多種多樣的。有時他關注由廣告
宣傳所賦予其神話意義的文化產物。他描寫了最新的雪鐵龍汽車
式樣,有關五十年代出現的塑料用品形象,有時他又描寫有關肥
皂粉和洗滌劑的戲劇方式的說明,如洗滌劑「殺死」了骯髒的細
菌,皂粉是銳利的藥劑,可將髒跡漂出,使衣物從不易發現的狡

猾敵人手中解放出來。「說歐英牌洗滌效力徹底（直到深處），就是假定衣物是『深』的，以前從來沒有人想到過這種比喻。」（第三十九／三七頁）巴特討論了深陷於《藍色指南》中世界的觀念、大眾傳播媒體對特權階層的態度、飛碟、愛因斯坦的大腦和其他神話事物，他詳細記述了那些被視爲當然的意義，用譏諷的口吻突出、辨析了它們隱含的意義，最後用簡潔的警語作出結論，在指出某些利害攸關的政治經濟因素時，使人們擺脫了這個神話。

巴特有關二級文化意義最引人注目的分析是《神話學》中的首篇文章〈摔跤世界〉。爲了理解產生賦予行爲以意義的文化範疇和區別，我們可以比較體育上兩組類似的運動，如摔跤和拳擊。這兩項運動的結果表明，兩者之間必定有起作用的不同規約，因而產生了不同的神話學意義。我們可以想像一種文化中的兩項運動含有同一種神話，並以同一種方式被觀看，但在我們的文化中，兩者之間仍顯然存在著須加說明的氣質區別。爲什麼人們爲拳擊打賭，而不爲摔跤打賭？爲什麼拳擊師如果像摔跤手那樣大喊大叫並痛苦地扭曲就會顯得古怪？爲什麼在摔跤時會經常犯規，而拳擊時就不會呢？巴特通過一套複雜的文化規約來說明這些區別。正是這些規約使摔跤成爲一種表演，而非競技。

巴特說，拳擊是一種以表現優越爲基礎的詹森主義式的運動。觀眾的興趣在於最終的結果，而可見的痛苦或許只是被理解爲一種迫在眉睫的失敗記號。另一方面，摔跤卻是一種戲劇，其中每一種因素都必須像舞台場面那樣是直接可理解的；摔跤手本人是扮演道義角色的，以身體方式表現的漫畫圖，結果是觀眾只因其戲劇式的意義才引起興趣。因此，拳擊的規則外在於比賽，它們指示著不應超越的界限，而摔跤的規則內在於比賽，它們相當於一類規約，這類規約增加可產生意義的範圍。規則爲了被違反而存在，於是對運動員可更粗暴地稱其爲「雜種」，觀眾則捲入

復仇的狂熱之中；犯規是公開的（雖然裁判可能沒有看見），背著
觀眾犯規將毫無意義；而摔跤中的痛苦又必須是被誇張的。這一
切的確如巴特所指出的：可理解性和公正的特殊概念是區分摔跤
和拳擊的主要因素，並使摔跤運動成為誇張的，基本上令人心安
的戲劇場面。

　　摔跤能吸引巴特的理由很多：它是一種民眾娛樂，而不是資
產階級娛樂；它偏愛場面甚於故事，並喜好戲劇性的意指姿態；
它煞有介事地矯揉造作，不只在它表示痛苦、憤怒和悲苦的記號
裡，而且在它的結局裡——沒有人會對預先安排好的比賽結果感
到震驚。後來在他的東方神話學《記號的帝國》中，巴特讚賞日
本人日常生活中的人為性——精緻的禮節，偏愛表面甚於深部，
至少在西方人眼中，他們拒絕使自己的習慣行為基於自然之中。
「倘若有一種所謂語言的『健康』，那就是記號的任意性，任意性
乃是記號之基礎。神話中的疾病就是依賴於一種虛偽的自然。」
（《神話學》，第二一二／一二六頁）

　　神話永遠有一種現成的託辭：它的實行者可以永遠否認其中
有二級意義介入，聲稱他們穿某類衣服是為了舒服，為了耐穿，
而不是為了意義。然而，儘管存在著各式各樣的否定，神話的意
義仍是起作用的。巴特引證了〈巴黎競賽報〉上的一幀封面，這
是一個更富政治性的例子。這幀封面表現了一位身著法國軍服的
年輕黑人士兵在行軍禮，雙眼凝視著國旗。它的第一意義層次是：
形態與顏色被解釋為一個身著法國軍裝的黑人士兵。巴特寫道：
「但是，不管是否有點幼稚，我清楚地理解這幀照片對我意指的
東西：法國是一個偉大的帝國，它的所有兒子，不分膚色，在它
的國旗下，都忠於職守，而且沒有什麼比這位年輕黑人在為他的
所謂壓迫者服務時所顯示的熱情，能更好地回答那些所謂殖民主
義的詆毀者的了。」（第二〇一／一一六頁）法國軍隊中確實有黑

人士兵這一事實賦予這幀照片一種自然性或無可懷疑性。維護者
可以說這只是一幀有關一個黑人士兵的照片，僅此而已，正像穿
皮大衣的人堅說他們只關心保暖一樣。這種持續存在的託辭所包
含的欺騙性，是巴特覺得在神話中最應反對的東西之一。

　　他的厭惡無疑爲一種尷尬的事實所加強：當神話學家清楚地
表達著當然之事，詳述著神話意義時，卻使自己成爲自己所攻擊
對象的同謀。當巴特稱現代汽車爲現代的大哥德教堂時，他是說
「一個時代的最高創造，它被不知名的藝術家熱情地加以構想，
被全體人民在形象上（如果不是在使用中）所消費，人們把它作
爲純魔術般的對象來據有」（第一五〇／八〇頁）。他發動對我們
時代的批判，但也投身於它的神話。一九七一年，巴特指出，分
析和譴責神話是不夠的，我們不應只想促進健康地使用符號，而
且必須摧毀記號本身（《形象、音樂、本文》，第一六七頁）。不論
這是否更有效驗，我們肯定能從《神話學》發表以來曾發生過的
事情推論出，非神話化並未消除神話，反而頗具矛盾意味地給了
神話更大的自由。從前人們指責政治家有意提高自身的形象時，
政治家會感到尷尬，但當非神話化變得如此經常之後，這類尷尬
反倒減弱了，如今一位候選人的助手可以公開討論他們如何企圖
改變著領袖的形象。再者，當報刊文章把個別對象當作某種生活
風格的記號時，也並未消除其神話效力，一般來說，反而使其更
爲人們所嚮往了。巴特描述了上述這類文化機制是如何在文學中
起作用的：最堅決的反文學運動並未摧毀文學，而是反過來成爲
一種新的文學流派。同樣的機制也在非文學領域中起作用，如揭
露一位總統操縱事件以創造一種形象的謀略並不會使該形象消
除，而會導致產生二級意義的新可能性。於是，人們可以不把總
統的行爲或決定看作是一種政策的記號，甚至可以認爲它們並不
能加強總統的形象，而只把它們當作這樣一種記號：總統關心自

己的形象。神話是變化多端的，也許還是不可制服的。

巴特的《神話學》處於一種非神話化傳統的開端，他曾希望這會產生政治結果。一九五三年，他曾主張分析神話「是一位知識分子採取政治行動的唯一有效方式」❶。雖然他後來喜歡用對記號的徹底批評來取代神話學家的嘲諷譏刺，而實際上，他七十年代的著作卻保持了神話學家對二級意義的迷戀；而且，日常生活的神話成了他寫作的源泉，而非成爲其採取政治立場的契機。他在一次採訪中說，「在日常生活中，我尋找著我所見到的東西，但更注意那種能引起好奇的事物，它幾乎是一種理智屬性，屬於一種小說主義(novelistic)的領域」（《音粒》，第一九二頁）。

對巴特而言，小說主義即小說減去故事和人物：敏銳觀察的片段、世界上的萬千細節，它們都是二級意義的載體。使《神話學》富有生氣的這種小說主義對細節的關注，後來又出現在《戀人絮語》的結構中。後書描述了愛情神話（戀人的話語作爲文化固定型式的儲放處）。同時，這種關注也表現在《巴特自述》裡對日常生活的反思中，如他指出，甚至天氣也充滿著二級的神話意義。在麵包房裡與婦女談論天氣時，他說：「陽光眞美！」但她沒有答話，於是他懂得沒有什麼比天氣更有文化性的了。他說：「我懂得，看見陽光與一種階級感有關，準確說，是因爲肯定存在著爲麵包房中的婦女所喜愛的那種『美妙如畫』的陽光。具有社會性標記的東西就是『含混的』景色，無輪廓、無對象、無外在形象的景色，即透明性的景色。」（第一七八／一七六頁）人們可以說，客觀上，陽光是美麗的，但陽光的美又是一個神話，它牽扯到一種文化集團的規約。這就是神話學家的發現，關於世界的「最自然」的談論依存於文化代碼。正如帕斯卡所說，如果習俗是第二自然，就像它在那些會被當成自然的文化中顯然所是的那樣，那麼，自然也許就只是第二習俗。

註　釋

❶巴特：〈主人和僕人〉，載《新文學》（一九五三年三月），第一〇八頁。

第四章　批評家

　　儘管巴特從事過許多非正統的學術活動，他卻也花費了相當多的時間去做傳統批評家一類的工作——解釋和評價具體作家的作品。他曾為現代實驗派作品和法國古典作品寫過很多序言和導論，但作為批評家，他最重要的工作包括兩大類：書籍和文章。他在著作中分析了以往作家（如米歇萊、拉辛、薩德）的整體作品(oeuvre)；而在文章中，他盛讚了前衛派作家（布萊希特、羅伯—格里葉和索萊爾思），並熱情地提倡一種當代文學的特殊使命觀。

　　巴特永遠有令世人驚詫的本領，早先關於分析米歇萊的著作已顯示了這方面的天才。《寫作的零度》讚揚了自覺的、現代派的文學構想，於是人們會猜想該書的作者接著將要去論述卡繆或布萊希特了。因為這些同時代人正設法實踐他所描述的那種反文學式的文學。不料巴特卻選擇了若萊・米歇萊——這位十九世紀初期多才多藝、名聲遠揚的歷史學家、多姿多采的作家、慷慨激昂的愛國者、法國大革命和神秘中世紀的崇拜者。這些歷史往事曾被米歇萊編敘在他充滿想像力的多卷本歷史著作中。米歇萊的寫作絲毫沒有表現出巴特自稱欣賞的那種自覺的克制，但他似乎仍是巴特最熱愛的作家之一，堪與普魯斯特和薩德並列。巴特告訴

我們，在療養院期間，他讀過米歇萊的全部作品，並抄錄了他喜
愛的以及作者反覆強調的全部語句。「在整理這些卡片時，有點像
一個耍牌自娛的人，情不自禁地想對這些主題議論一番。」(《訪
問記》，第九四頁)

這些議論後來就發展成了《米歇萊自述》一書(一九五四年)，
它表現了巴特在《寫作的零度》中提到過的風格：顯示於米歇萊
想像世界中的「有組織的一套偏執意念」。他忽略了米歇萊著作中
的思想內容，而關注於他所謂的「存在性的主題學」，即作者寫作
中大量運用的種種實體與性質：血、暖、乾、豐饒、平滑、液流
(法國大革命中一個著名片段，使羅伯斯比爾的乾枯貧瘠與暴民
充滿活力的暖熱形成對照)。巴特寫道：「除掉米歇萊的存在性主
題學之後，剩下的只不過是不值一顧的一個小資產階級而已。」
(第八八頁)

《寫作的零度》強調文學形式的意識形態含義，而《米歇萊
自述》離開了這類問題，轉而描述一個各種性質和實體相對立的
世界，因而巴特產生了一部與法國文學批評最新發展緊密相關的
作品。從加斯通‧巴什拉的土、氣、火、水四元素的「精神分析」
中，產生了一種涉及物質實體和深切相關於詩與非詩思想的討論
模式。巴特不曾說他讀過巴什拉的書，這是很可能的；但是巴什
拉的作品曾被認為對日益發展的現象學文學批評有所貢獻。這種
批評流派不把文學作品當作應予分析的人工製作品，而是當作一
種意識的表現：一種邀請讀者去參與的世界之意識或經驗。喬
治‧普萊的《人類時間研究》(一九五〇年)和《內在距離》(一
九五二年)出版不久，讓‧斯塔羅賓斯基又發表了《孟德斯鳩自
述》(一九五三年)，該書收入在巴特也參與寫作的一套叢書中。
次年，另一位所謂「日內瓦學派」的現象學批評家阿爾伯特‧比

戈因在這套選集中發表了另外兩本書（關於帕斯卡和貝爾納諾斯
的）。同時出版的書中，最重要的也許是彼埃爾·理查德的《文學
和感覺》，它明確地表示贊成似乎是巴特《米歇萊自述》一書中所
假定的東西：「萬物以感覺始；肉體、物件、情緒，爲自我構成
了一個最初的空間」，而且正是在此空間中，在物質性的影響下，
文學的形式、主題和形象誕生了。

　　《米歇萊自述》就像是現象學批評新潮中的一部份，但考慮
到巴特後來的著作，有兩件事值得我們注意。首先，巴特的方法
能使米歇萊的寫作成爲一系列多采多姿的片段，使寫作的興趣不
是與連續性、發展、結構（這些是作爲歷史學家的米歇萊著作中
不可否認的性質）相聯繫，而是與對本文片段的歡悅——即讀者
可從奇特的語句及其形象中所獲得的歡悅——聯繫在一起。其
次，這種導致巴特圍繞這些本文寫作的「本文的歡悅」，是與身體
概念聯繫在一起的。這種聯繫被假定存在於寫作和對空間及實體
的身體性經驗之間。

　　後來，巴特特別津津樂道於其寫作與身體經驗之間的關係，
似乎身體感覺可被看成是根源或根據❶。雖然現象學批評明顯地
關注於現象的體驗或顯現（呈現於意識的世界），它卻似乎導致經
驗論者把他們設定的身體性經驗當作某種具有自然基礎的東西。
高度發展的文化製作品可上溯至被當作自然性根源的初始的、前
反思的感覺。巴特最尖銳的且最富創造性的作品堅決反對那種把
文化轉譯爲自然的神話化作用。而考慮到他後來在寫作策略上使
寫作基於身體觀念的作品時，我們又不得不問一下，這是否也是
同一類型的神秘化作用。《米歇萊自述》一書與巴特一九五四年時
期的文學與政治承諾觀是明顯不一致的，它探討了以後曾一再出
現的觀點。

　　《論拉辛》在其專注於一個想像世界方面類似於《米歇萊自
述》，但它既非像《米歇萊自述》那樣由語句和片段組成動人的文
字，也不專注於實體和性質的現象學描述。與其說巴特關心拉辛
的語言和想像，毋寧說是關心束縛其人物的悲劇世界。他用一種
「溫和的精神分析學語言」進行著他所謂的「對拉辛人物的人類
學」研究。他探索是什麼樣的人物寄居在這個悲劇世界中，還把
各種戲劇疊加在一起，以當作拉辛悲劇系統的諸多變型實現，並
企圖確認產生其情境和人物的各種基本關係。他特別強調權威、
競爭和愛這三種在原始部族神話中可以發現的關係之結合，如佛
洛伊德以及其他人曾說過的那樣：兒子們聯合起來，在殺死了統
治他們並阻止他們娶妻的父親之後，最終創建了一種目的在於控
制其對手的社會秩序（和亂倫禁忌）。「這個故事，即使是虛構的，
仍是拉辛戲劇的全部內容」（第二〇／八頁）。把一切戲劇放在一
起以形成一個單一的悲劇，於是「你將發現這個原始部族的角色
和行為……拉辛戲劇只就在這個古代寓言的層次上找到了它的前
後一致性」。在表層之下，「存在著伸手可見的遠古基岩」，在這個
總的力量結構中，各種人物在他們所處的位置上獲得了各自的特
性。

　　在《批評文集》中，巴特斷言作家產生了「意義的根據，即
形式，而且似乎正是世界在填充著這些形式」（第九／xi頁）。這
樣，文學批評就成為一種填充的藝術；或按照巴特認為作家是公
眾實驗家的觀念，應該說批評家在實驗著填充，實驗著與作者或
作品相聯繫的語言和語境。這就是巴特在《論拉辛》中所說：「由
於拉辛的沈默，讓我們在他的作品中去實驗本世紀中所提出的一
切語言吧。」（第一二／x頁）拉辛是「沈默」的，因為他雖然創
造了假定的意義形式，但這意義形式又是未決定的。他的戲劇是

「一個空的場所，永遠向意義作用開放著」，而且，如果說他是法國最偉大的作者，「他的天才絕不是表現在連續使他獲得成功的那些品質中，而是表現在一種無與倫比的、有效性的藝術中。這種藝術使他能夠永遠留在任何批評語言領域之內。」（第一一／ix頁）

稱偉大的法國經典作品為「一個空的場所」是一種有意粗率的說法，有如決定在這位作者身上實驗精神分析的語言一樣；而這位作者傳統上卻被看作是純淨、適度和自覺藝術的頂峰。結果這就形成了一種富於挑戰性的、混合式的讀解，按照這種讀解，巴特關心探討的三種方法牽強地結合在一起。這三種方法就是對想像世界的現象學描述、對系統的結構分析和使用當代「語言」去產生對個別作品的新的主題性解釋。於是，當對「遠古的基岩」的論述變成結構式的，而且當所尋求的不是性質而是差異和關係的時候，對一個想像世界的描述就失去了它的很多現象學特性；同時那種把戲劇處理成形式規則系統之產物的結構主義企圖，就轉變為通過詳述神話和精神分析語言以產生每一齣戲的主題式讀解的企圖了。《論拉辛》是一本富有挑戰性的書，每一位讀者可從中獲得一系列關於拉辛的思想，而且它向廣大公衆表明，文學批評著作（或至少是新批評的著作，像這種注重理論的文學批評被稱作的那樣）可以成為令人著迷的讀物，但這不是巴特或其他人想要依靠的那種模型。

在《薩德、傅立葉、羅耀拉》一書中，巴特再次把一個作家的作品當成一個系統，並在兩個方面作了強調和變換。從語言學借取的一種觀念認為，人們可以產生一種作者作品的「語法」，發現它的基本成分和諸成分的結合規則，這種觀念似乎是《論拉辛》一書背後還原性衝動的（相對來說）並不重要的表現。在《薩德、

傅立葉、羅耀拉》中，語言學類比充分地發展了，這三個作家被
看作是「多面手」，或是若干特殊「語言」的創造者。薩德對性冒
險的詳盡敍述，傅立葉對一個烏托邦社會的發明以及羅耀拉爲精
神活動所做的規定都顯示了去區分、去秩序化和去分類的同一傾
向。他們發展了系統，這些系統像語言一樣在它們所形成的領域
中產生著意義。

　　巴特寫道：「在薩德作品中有一種色情語法，有它的色情素
(erotemes)和結合規則。」（第一六九／一六五頁）因爲薩德的色
情主義企圖「按照精確規則去結合諸特殊的惡行，以便從這些行
爲的系列和組合中構成一種不再被敍說，而是被實行的新的『語
言』，一種罪惡語言，或一種新的愛的代碼，它像宮廷求愛術的代
碼一樣精緻」（第三二／二七頁）。色情代碼的最小單元是姿態
(posture)，「最小的可能組合，因爲它僅把一個行爲和其身體運用
點結合起來」。除性姿態以外，還有各種「算子」，如家庭紐帶、
社會等級和生理變量。諸姿態可被結合，以形成「運作」或組合
的色情圖景。而當運作被給予一種時間性的發展時，它們就成爲
「情節事件」。巴特繼續說：

　　　　所有這些單元，都服從結合或組合規則。這些規則
　　可使我們不難將色情語言形式化，正像語言學家使用的
　　「樹形結構」一樣……在薩德的語法中有兩個主要規
　　則；似乎有一些規則程序，敍事者可以按照這些程序來
　　調動他的「詞彙」（姿態、形象、情節事件）的諸單元。
　　第一個程序是徹底性規則：在一次「運作」中，最大可
　　能數目的姿態應當同時完成……第二個程序是相互性規
　　則……一切功能均可交換，每個人都可以，而且應當輪
　　流作爲施動者和受害者，鞭人者和被鞭者，餵糞者和食

糞者等等。這個規則是重要的，首先因為它使薩德的色
情主義真的成了一種形式語言，在這種語言中只有諸行
動類，而無各個個人群體，這種語言大大簡化了語法。
其次，因為它使我們不至於按性的作用去劃分薩德的社
會。（第三四～三五／二九～三〇頁）

除了發現一種針對語言學模式的更充分的批評作用外，《薩
德、傅立葉、羅耀拉》還將《論拉辛》一書的第二個方面予以轉
換。在這本書中，巴特把性的或精神分析的語言運用於拉辛和他
的人物，其用意似乎可能是要使篤信拉辛式禮儀的法國公眾震
驚。但在《論拉辛》一書中，巴特指出，他特別關心的是通過互
不協調的若干語言之接觸而產生的效果，例如，當語言學的技術
名詞與薩德的性幻想的狂放內容相互衝突時。這與其說是對文化
豐碑的嘲弄，毋寧說是對語言組合效果的探索❷。

《薩德、傅立葉、羅耀拉》像《米歇萊自述》和《論拉辛》
一樣，表明了將批評家本人所處世紀中的語言試用於一位作者，
不是爲了使其作品有「適切性」，也不是爲了指出這些作品對當前
問題有所啓示。這將是一種主題層次上的活動，它所強調的是拉
辛的愛的心理學，或米歇萊的政治觀點。反之，巴特的現代語言
實驗，一般來說，是強調他所討論的寫作的疏異性——米歇萊的
偏執意念、拉辛的幽閉恐怖症世界，薩德、傅立葉和羅耀拉的分
類狂。他寫道，這後三個人「都是可以容忍的(respirable)；他們
每人都使快樂、幸福、交流依賴於一種不可改變的秩序，或者更
糟，依賴於一種組合系統」（第七／三頁）。巴特有關這些作品群
的寫作並未發現相關的主題，而是「使本文脫離」它的觀點和目
的（「社會主義、信仰、惡」），並竊取它的語言，「以分割文化、
知識、文學的舊的本文，將其特徵分散在不可辨識的表述中，有

如人們僞裝竊來的東西一樣」（第一五／一〇頁）。這肯定是一種
和一般不同的文學批評綱領；這個綱領關心疏異性，而非熟悉
性，並在支言片語中尋找樂趣。巴特根本不關心去描述個別作品
的輪廓或結構。他在竊取了以往作家的語言後，企圖闡明寫作實
踐，以及寫作實踐對意義和秩序來說，到底意味著什麼；但他並
不想去解釋和評價已完成的作品。

　　這種情況也表現在巴特作爲批評家的其它主要活動中，如他
對某些前衞文學實踐的提倡。他最早的一次活動是一次戲劇式的
寫作，那就是五十年代他在布萊希特作品中發現的對文學形式的
社會運用。巴特在大學時期建立了一個演希臘劇的劇組，戰爭以
後，他曾幫助創辦了《人民劇院》雜誌，這家雜誌攻擊當時的商
業戲劇，並主張關心社會和政治問題的戲劇。薩德成功地創造了
政治戲劇，但巴特企圖設想一種不與簡單化的語言與形式觀結合
在一起的政治劇。一九五四年，當布萊希特帶領他的柏林劇團來
巴黎時，巴特見到了他。巴特談到當時的印象時說，布萊希特用
「母親的勇氣」，並通過印在節目單上的布萊希特對該劇的論述，
「不折不扣地在點火」（《音粒》，第二〇一頁）。一九七一年他寫
道：「布萊希特對我來說仍然極其重要，尤其是因爲他已不時髦
了，而且還未成功到已成爲前衞藝術理所當然的一部份。他對我
之所以有典範作用，嚴格地說，旣非是他的馬克思主義，亦非他
的美學（雖然二者都很重要），而是它們的結合，也就是馬克思主
義的分析與關於意義的思考。他是一個深思記號意義的馬克思主
義者，一個非常難得的人物。」（《訪問記》，第九五頁）

　　布萊希特提供了巴特一直在追求的新戲劇實踐和一種有助於
他說明傳統西方戲劇毛病的理論觀點。即使在還未提及布萊希特
時，巴特關於戲劇的寫作，幾年來也都反映著布萊希特的疏異性
概念和他如下的基本主張：有效的戲劇不需要與大多數角色在感

情上同化，而是需要一種批評性的距離，以使我們能判斷和理解他們的處境。巴特說：「布萊希特的『母親的勇氣』一劇意在向那些相信戰爭宿命論的人，如勇敢的母親指出，戰爭恰恰只是人間現象，而非宿命結果……因爲我們看見勇敢的母親瞎了，我們看見了她沒有看見的……在掌握了這種戲劇性的、最具直接說明效力的明顯道理之後，我們懂得了，雙目失明的勇敢的母親由於她所看不見的東西而成爲犧牲者，而這種東西乃是可以救治的惡行。」（《批評文集》，第四八～九／三三～四頁）

另一個例子是在艾利亞・卡贊的電影「在水邊」中，觀衆與馬龍・白蘭度的同化作用削弱了這部影片的政治力量。因爲腐敗的工會雖然被擊敗了，老闆的表演是諷刺式的，到頭來我們卻還是和白蘭度一道向雇主和制度屈服。巴特寫道：

> 我們是否應當有可能去應用布萊希特提出的非神話化方法，並檢查我們與影片主角同化的結果……正是這一場戲的參與性，客觀上使它成爲神話化的一個情節……現在，正是爲了反對這種機制的危險，布萊希特提出了他的疏異化方法。布萊希特會讓白蘭度顯示他的單純，以使我們明白，縱然我們可能會同情他的不幸，更重要的卻是洞悉不幸的原因和其救治之策。（《神話學》，第六八～九頁／《艾菲爾鐵塔》，第四〇～一頁）

巴特從布萊希特戲劇中看出了三種主要敎訓。首先，布萊希特根據認識的，而非情緒的理由來看待戲劇（以及隱含意義上的文學），因此強調了意義的機制。他向一種統一的場面概念挑戰，這使巴特明白「表達的諸代碼彼此可以分離，脫離開這些西方戲劇代碼存在其中的緊密的有機環境」（《形象、音樂、本文》，第一七五頁）。「戲劇藝術」的責任與其說是表現現實，不如說是意指

現實（《批評文集》，第八七／七四頁）。佈景、服裝、姿態和舞台
調度不應當追求「自然表現」。用幾面旗幟來意指軍隊比用幾千名
演員來表現軍隊更好。

　　其次，戲劇應當探索記號的任意性，吸引觀衆對戲劇本身技
術性表現的注意，而不是企圖將其隱蔽起來。這就是巴特式的布
萊希特疏異化原則。演出拉辛戲劇的男女演員應當朗讀詩句，而
不是讓這種形式的、極有規則的語言聽起來像是某些心理狀態的
自然表現。巴特贊同地引述布萊希特的思想說，演員不應這樣去
誦讀角色的台詞，就像是在體驗它，並即興地再現它似的，而應
使台詞「像一種引用句」。他讚賞一系列明顯人工化的戲劇程式，
從《神話學》一書中描寫的職業摔跤場面到《記號的帝國》一書
中所稱讚的日本歌舞伎和文樂木偶劇。他提出，在任何放棄了性
格和內在心理狀態，而採取情境和表層戲劇的劇作藝術中，都有
一種非神話化的政治潛力。演員、劇作家和舞台監督都應注意巴
特所喜愛的口號：larvatus prodeo（我指著我的假面向前）。

　　第三，「布萊希特肯定著意義，但未充實它。」（《批評文集》，
第二六〇／二六三頁）他的疏異化技巧的目的在於產生「一種意
識劇而非行爲劇」，或更準確地說，「關於無意識的意識、關於主
宰舞台的無意識的意識之戲劇，即布萊希特的戲劇」。促使觀衆認
識問題，但不企圖通過宣傳手法去提出一種解決辦法。即使這並
不眞符合布萊希特的戲劇觀，卻是巴特贊成的文學綱領。這種綱
領不應企圖告訴我們事物意味著什麼，而應使我們注意意義被產
生的方式。巴特在評述戲劇時，用某些基本對比概念維持的語言
清楚地表達了這種觀點：表層對深層、外部對內部、輕對重、批
判性的距離對感情性的同化、假面對角色、記號對現實、非連續
性對連續性、空虛或含混對意義充實、人工性對自然性。政治效
力可以有一種輕快風格嗎？這似乎是布萊希特爲我們提供的可能

性。

在巴特被布萊希特之火「點燃」的同時，他又成了小說家羅伯—格里葉的狂熱支持者，在《批評文集》中有四篇是談這位小說家的。「在我一生中，令我入迷的東西就是人類使其世界成為可理解的方式。」羅伯—格里葉的小說企圖對意義進行一種英勇而又不可能的驅除，從而探索這個過程，使我們注意到了習以為常的使事物成為可理解的方式。在《寫作的零度》中，巴特主張一種寫作方式（「一種設想文學的方式」，「文學形式的一種社會運用」）的被使用具有政治含義。形式實驗可能是一種道義承諾方式，正如在企圖寫反文學的文學和達到寫作的零度時那樣。卡繆對文學的反叛沒有走得太遠，因為他使世界的無意義性成為一個主題；事物仍然有意義：它們意指著「荒謬」，如同讀者和批評家很快就開始稱呼它的那樣。在巴特看來，羅伯—格里葉似乎在企圖做某種更徹底的工作，通過挫敗我們有關可理解性的假定和阻撓我們通常的解釋步驟來弄空或中止意義。乍一看，他詳盡而無緣無由的描寫、無意義的角色和不確定的情節似乎是不可讀解的，即按照有關小說和世界的傳統假設是不可理解的；但是，巴特在羅伯—格里葉的「拒絕故事、軼事、動機心理學和事物意義」中看到了對我們的經驗秩序的強而有力的質詢。

> 因為……事物是埋藏在種種意義之下的，人們通過感覺、通過詩歌、通過不同的用法將這些意義灌注入每一事物的名字中。在某種意義上，小說家的工作是清瀉劑式的：他從事物中清除掉人們所不斷加予的不恰當意義。用什麼辦法呢？顯然是通過描寫。因此，羅伯—格里葉在進行事物描述時，使其極富幾何圖案式效果，以挫敗任何詩情意義的引入，同時，描述又極為詳細，以

斷絕敘事性的吸引力……（《批評文集》，第一九九／一
九八頁）

　　這段論述強調了兩件事。首先，巴特把羅伯—格里葉充滿了
足以阻止引入意義的描述看作是完全屬於表層的本文。傳統上，
深度和內在性是那樣一類小說的領域，它們企圖深掘人物和社
會，從而去獲得本質、選擇細節。那些打算爲羅伯—格里葉小說
人物設想一種心理學解釋和一種動機並去解釋細節的讀者們，他
們不可能獲得深刻的理解；他們至多只會將這些本文變得一無特
色而已。

　　其次，巴特稱讚羅伯—格里葉採取了一種寫作方式，它「斷
絕了敘事性吸引力」。通常小說含有故事：閱讀一部小說就是追
隨某種發展。巴特對故事驚人地不感興趣。例如，他喜歡狄德羅、
布萊希特和愛森斯坦，因爲他們都喜歡場景甚於故事，喜歡戲劇
場面甚於敘事發展。巴特喜歡片段，並設想出分割具有敘事連續
性作品的方式。在羅伯—格里葉的小說中，巴特發現了抵制敘事
秩序的本文。往往很難拼湊出一個故事，例如去決定什麼「眞的
發生了」，什麼是記憶、幻覺或敘事者的插敘。努力設法去組成一
個故事的讀者會意識到對敘事秩序的要求，但如果讀者眞的組成
一個敘事片段，那也就否定了對敘事的挑戰，並誤解了作者的意
旨。

　　這兩種策略——消除深度和瓦解敘事，是巴特特別關心的
事。他早期的文章《客觀文學》和《直意的文學》極力提倡羅伯
—格里葉這樣的瑣物派概念。後一篇文章首先致力於對只是在那
兒的事物進行客觀的、非人性化的描述。隨著羅伯—格里葉的小
說逐漸爲人熟悉，讀者顯然已不難把它們復原爲常規文學，並理
解它們——尤其是以想像一位敘事者的方式。最機械性的描繪，

最令人困惑不解的重複或空隙都會使人理解，如果它們被當作某位被擾亂的敍事者的思想。《嫉妒》含有反反覆覆的幾何式描述，它可被理解為一位偏執狂敍事者的知覺。《在迷宮中》可被讀解為一位飽受健忘症折磨的敍事者的話語。我們所有的不是「客觀的文學」，而是主觀性的文學，它完全是發生在一位錯亂的敍事者心靈之內。

　　當巴特被請求為一本關於羅伯—格里葉的書寫篇序言時，他採取了一種新立場。這本書正好做了巴特文章中說過不應去做的事，即重新建立情節、設定敍事者、認定象徵模式和提供主題解釋。巴特在〈羅伯—格里葉的位置？〉一文中說，有兩個羅伯—格里葉：一方面是客觀主義者；另一方面是人本主義者，或主觀主義者。人們可通過兩條途徑去讀他的作品，「而且最終說來，重要的正是這種含混性，它是我們所關心的，並具有一部似乎絕對反歷史的作品的歷史意義。這個意義是什麼呢？一種意義的對立面，即一個問題。事物意指著什麼呢？世界意指著什麼呢？」（《批評文集》，第二〇三／二〇二頁）「羅伯—格里葉的這套作品成為對某一社會所經驗的意義的嚴峻考驗」，如同在該社會與意義不斷變化的交遇中說明的那樣。

　　巴特在《批評文集》的序言中寫道，文學的任務不像人們通常設想的那樣在於表達不可表達者——也許，這是一種他輕蔑地稱作「心靈文學」的東西。文學不應企圖去「不表達可表達者」，而應對我們自動賦予或假定的意義提出疑問。因此，羅伯—格里葉成了巴特的典範，而且後來在《作家索萊爾思》中所收集的隨筆又使另一位前衛派散文創造者菲利普・索萊爾思承擔著同樣的作用，即企圖不寫那個在先前話語中被寫成或被詳述的世界。作家奮力「使第二語言從世界賦予他的第一語言的泥淖中脫離」（《批評文集》，第一五／xvii頁）。這種語言（也許是有秩序的，也許是

優美的），巴特將其想像爲輕快和潔淨的，而不是沈重的或充滿意
義的。

巴特的這種語言「倫理」，對於他提升前衛派文學的地位來說
極其重要，或許能有助於說明他的文學批評具有的令人困惑的特
徵。儘管他有廣泛的文學興趣（他喜愛現代和老式的作者，簡練
的和冗長的作者），卻不喜歡詩歌。除了拉辛以外，他從不論述詩
語作品，而且拉辛的詩語也未能使其就範。沒有一種全面的詩歌
理論可說明他的這種輕忽態度，但附帶的評論以及《寫作的零度》
中〈有詩歌的寫作方式嗎？〉這一章，也許可以對這種令人不解
的沈默給予解釋。

有若干論述暗示巴特將詩歌與象徵、與密集的意義、與企圖
創造理據性、而非任意性的記號聯繫在一起，因而就把詩歌看作
是布萊希特、羅伯—格里葉和索萊爾思這些英雄企圖與之戰鬥的
「文學性」的方面。然而，在《寫作的零度》中，他又採取了不
同的路線，認爲不存在詩歌的寫作方式，因爲一方面，古典詩歌
不是以一種特殊的語言用法（它是全面的古典寫作方式的一部份）
爲基礎的，另一方面，現代詩歌又是「一種語言，在其中一種朝
向自主性的激烈衝動摧毀了任何規範的範圍」。人們或許在期待
他對「充滿裂隙和閃光、充滿缺欠和貪婪的記號，以及沒有固定
的和穩定的意義和話語」產生強烈的興趣。但他繼續雄辯地寫道，
現代詩歌企圖摧毀語言，並將語言歸約成「作爲靜態事物的字詞」
（第三八～九／四八～五一頁）。在《神話學》中，他主張詩歌企
圖達到一種前符號學的狀態，在這種狀態中它可呈現出事物本
身。

因爲巴特沒有表現出他傾向於相信詩歌的確呈現著一種非中
介的現實，而且他疑問的綱領似乎類似於瑣物派羅伯—格里葉的
抱負，因而人們就會傾向於假定在巴特的批評活動中，有其它重

要理由或力量導致他忽略了詩歌。雖然《寫作的零度》由於否定存在著詩歌的寫作方式而拋開了詩歌，人們仍可辯解說，實際上確有一種詩的寫作方式，這種寫作的豐富含蓄意義、意義的密度和深度都強大到足以挫敗最堅決的反詩意詩歌。如「昨日我進城買了一盞燈」這句話，如讀作一句詩，就會引致象徵代碼（照明、商業）和意義的慣常假定，以創造豐富的意義可能性（如果這首詩只由這一小句組成，就可以在欠缺任何其他詩句的事實中發現意義）。在《記號的帝國》中，巴特寫道，對西方人來說，俳句是一種有誘惑力的形式，因為你報導著一種單一的印象，而且「你的語句不論可能是什麼，都將表達出一種喻義，釋放出一個象徵，你將變得深刻，你的寫作也將輕而易舉地是充實的」（第九二／七〇頁）。西方的詩之寫作方式創造了一種象徵豐富性的假設，並導致我們依此來理解俳句（然而，巴特想像，在他烏托邦式的日本，俳句始終是空的）。對西方人而言，很難掙脫詩歌中意義的充實性，而在較長的散文形式中，象徵意義的壓力則不那麼強。巴特通過將詩歌從他的文學批評中排除，企圖使文學擺脫與其聯繫在一起的意義豐富性。

　　巴特還以別的方式使詩歌成了替罪羔羊。在《神話學》的末尾，他寫道：「一般地，我把詩歌理解為對事物的不可分離的意義之探索。」（第二四七／一五一頁）他使詩歌神話式地表示對一種前符號學式的自然或真理的追求，於是，這種構想可通過排除詩歌的辦法，在文學領域內鑄成。沙特在《文學是什麼？》[1]一書中區分了詩歌（以語言來遊戲）和散文（使用語言來討論世界），從而以忽略詩歌來排除語言遊戲觀。巴特區別的根據與此很不一樣（對他而言，進行語言實驗的是散文，而詩歌企圖超越或摧毀語言），但從結構上說，他進行著同一運作：他不無可疑地將文學某種重要的一般因素與詩歌等同，從而得以在拒絕討論詩歌之

後，又忽略這一性質或構想。

　　還有一個因素，巴特在法蘭西學院就職講演時宣稱，「我用文學所指的不是一批或一系列的作品，甚至不是一個商業性的教育領域，而是一種實踐（即寫作實踐）蹤跡的複雜的書寫作用。」（《就職講演》，第一六／四六二頁）由於巴特感興趣的是寫作實踐，而非已達到的形式，所以他往往忽略十四行詩，而（例如）偏愛無休無止的散文寫作。對這種寫作，他可以隨心所欲地加以切分，創造出可在他的批評話語中加以調配的衆多有效用的片段。他並未闡述緊密構造的形式，而是讚揚一種符號學活動，無疑，這就是何以他的有關文學的大量寫作都具有非正統的形式的原因。

註　釋

❶巴特談到他對「寫作行為」的愛：「寫作是手，因此是身體：它的衝動、抑制、節奏、思想、變動、糾葛、躲閃等等，簡言之，不是由於靈魂，而是由於被其慾望和無意識所點燃的主體。」（《音粒》，第一八四頁）他還說，在較早時期的作家中，「前衛派的產生總是源於身體，而非源於進行寫作的意識形態」（第一八二頁）。進一步的討論請見第八節。

❷參見《本文的歡悅》，它解釋說，讀者通過諸並列語言的同居而獲得了歡悅（由激進的本文提供的歡悅）。巴特指出，他已在薩德的作品中發現了這種同居現象：「互不相容的諸代碼（例如高貴的和卑微的）相互接觸，創造出了浮誇滑稽的新語言；色情信息體現在如此純潔的語句中，以至於它們可被用作語法模式。」（第一四／六頁）巴特的讀解，再加上這種讀解本身的語言，突出了這種衝突效果。

第五章　論戰家

一九六三年，巴特在〈泰晤士報〉文學副刊和美國《現代語言評論》雜誌上發表了若干當代文學批評的文章，他告訴讀者，法國有兩種文學批評，一種是死氣沈沈的和實證主義的學院派文學批評（學院批評），另一種是生氣勃勃、多姿多采的解釋性批評（不久後，被稱作「新批評」），後一類批評家不想確立關於一部作品的事實，而是從一種現代理論或哲學的觀點去探索作品的意義。次年，當這些論戰性的文章重印於《批評文集》之後，學院派大為光火。索邦大學教授雷蒙‧皮卡爾在《世界》（一九六四年三月十六日一期）上發表評論，不顧該文集中的其他內容，而集中抨擊這一「輕浮的、不負責任的誹謗」，因為這將使不了解情況的外國讀者對法國大學產生錯誤觀念。

然而，這又不可能是完全錯誤的觀點。一個人要被晉升為法國大學系統中的一名教師，就必須在「國家博士學位」進修計劃中獲得顯赫的成績，即沒有十年工夫就完成不了的大量學術研究，其目標則是獲得紮實的文獻知識。這種研究方式不能鼓勵方法論革新、理論性思考或非正統的解釋。而那些做了大量工作去活躍和提升法國文學研究的批評家們，直到不久之前，大部分仍在大學系統之外工作，其謀生手段是寫作（沙特、布朗肖）、海外

教學（傅萊、吉拉爾、馬林、理查），或就職於一些可能遵循其他
聘任標準的專門機構（巴特、惹萊特、托多洛夫、郭德曼）中。
一九六八年以後，大學情況有所改變，但在六十年代初期，巴特
所作的兩類文學批評的區分並非完全不正確。

巴特對學院派批評有兩項抱怨。當解釋性的批評家闡明了他
們哲學的或意識形態的歸屬（存在主義、馬克思主義、現象學、
精神分析學、符號學）時，學院派的批評則主張客觀性，並自稱
不包含意識形態因素。它不經理論論證就聲稱自己認識文學的本
性，且以常識名義用折衷的方式，接受或拒絕由具有意識形態承
諾的批評所提出的任何東西。它將拒絕佛洛伊德或馬克思主義的
解釋，稱之為誇大其辭或牽強附會（巴特說，它本能地使用「制
動器」），但不承認這種拒絕本身暗含著應予闡述的另外一種心理
學或社會理論。傳統溫和風度批評的折衷主義，其實是一切意識
形態中最自以為是的，因為它聲稱知道在各種情況下，每一種其
他方法的正確與錯誤。巴特對這種偽裝成常識的意識形態隱蔽
性，持最強烈的反對態度。

其次，還有一種英美讀者不太熟悉的論點。巴特聲稱，學院
派批評拒絕的東西是一種內在論的解釋。學院派想根據在作品之
外，有關作者世界或作者身世的事實來闡述作品。因為他們把文
學作品看作是在作品之外的某種東西的複現。在特定條件下，如
果精神分析學的讀解根據作者的過去來闡明作品的話，他們也將
把精神分析學的讀解當作是部分正當的觀點加以接受；另外，如
果馬克思主義根據歷史現實來闡明作品的話，他們也會承認馬克
思主義的讀解。巴特說，學院派不接受的是「解釋和意識形態可
選擇在一個完全位於作品之內的領域中起作用」。巴特力申，使用
理論語言去探討作品結構，完全不同於在作品之外追求因果說明

的方法。使用精神分析學概念的內在讀解，去闡明一部作品的動
力機制，與將作品解釋爲作者心靈產物的精神分析學觀點極少共
同之處。巴特說，法國的學院派批評與內在分析爲敵，既因爲它
把知識與因果說明聯繫在一起，也因爲估量學生的知識比估量學
生的解釋能力更容易。一種重視有關作者生平和時代知識的文學
理論，適宜爲考試和評分之需。

　　也許，皮卡爾還爲一篇他未曾提及的文章而懊惱，這就是《論
拉辛》中的〈歷史還是文學〉，這篇文章機智地討論了有關拉辛的
大量批評著作何以失敗，其中也包括皮卡爾的博士論文《拉辛生
平》──許多「可敬的」、服務於「一種混沌事業」的著作之一（第
一六七／一七二頁）。巴特說，致力於文學史的教授們聽任他們對
作者及其活動的強烈熱愛，而遮掩了那些眞正需要歷史回答的問
題！那就是拉辛時代文學功能或文學制度的歷史。對皮卡爾來
說，「歷史仍然不可避免的是一幅肖像的素材」，「如果人們想寫
文學史，就必須放棄作爲個人的拉辛，並深思熟慮地轉移到技巧、
規則、儀式和集體心態的層次上去」，討論那一時期文學變遷的一
般模式（第一五四、一六七／一五九、一七二頁）。當批評家眞的
把拉辛當作他的各種悲劇的源泉時，這就是解釋，而非歷史了。
批評家的傾向永遠是「運用制動器」，好像這一假設的「羞怯和平
庸是其正當性的證明似的」（第一六〇／一六六頁）。他們在將作
者與其作品相聯繫時，必須求助於一種心理學，而且他們正是在
應該大膽宣稱他們依賴的這種心理學時，才最感羞怯。

　　　　在研究人的一切方法中，心理學是最不可信、最具
　　時代標記的。因爲實際上，內心自我的知識是虛妄的，
　　存在的只是表達這一自我的各種不同方式。拉辛使用著
　　幾種語言：精神分析學的、存在論的、悲劇的、心理學

的語言（可被發明的和將被發明的其他語言）；沒有一種
是中性的。但是承認不可能談論關於拉辛的真理，正是
最終承認了文學的特殊地位。（第一六六／一七一頁）

這是皮卡爾不可能接受的，他在一本小冊子《新批評還是新
騙術？》裡，闡明了自己的觀點。這樣，第二年，他就再次捲入
爭論，他宣稱：「存在著關於拉辛的真理，對此，人人均可設法
同意。尤其在借助語言的確定性、心理連貫性的含義和風格的結
構要求時，耐心而謙遜的研究者的確成功地產生了不可辯駁的事
實。在某種程度上，這些事實確定了客觀性的領域（正是從這些
領域中，他可以相當謹慎地冒險作出解釋）。❶」皮卡爾在攻擊了
巴特文章中讚揚的解釋性批評家，特別是批評了巴特的《論拉辛》
之後，企圖戰勝新批評加予文學研究的「危險」。他提出了四種譴
責：(1)巴特結合印象主義和意識形態獨斷論，作出了有關拉辛戲
劇的不負責任的、無根據的論述；(2)他的理論導致一種相對主
義，按此，批評家說什麼都可以，因為它只要求批評家承認本身
觀點的主觀性；(3)巴特拙劣的趣味塞入劇本一種「執迷的、狂放
不羈的和玩世不恭的性意識」，以至於「人們必須重讀拉辛，以使
自己相信他的人物不同於Ｄ・Ｈ・勞倫斯的人物」；(4)巴特提出了
一套故弄玄虛的、偽科學的術語，以暗示一種本身完全不具備的
嚴格性。

雖然皮卡爾在其論證中令人信服地指出，巴特大部份關於拉
辛世界中人物的主張只適用於少數幾個人物，但吸引人們注意並
製造一場文學大論戰的，乃是皮卡爾強烈維護文化遺產和反對傲
慢無禮的意識形態及其專門術語的態度。就我們從大量符合《新
批評還是新騙術？》觀點的小冊子中可以判斷的情況而言，在含
混的、但被堅定持有的信念中，兩項表現深刻的原則受到了威脅：

(1)民族文化遺產的榮耀依存於過去生活的意義和真理的確定性（人們研究過的拉辛不應改變其意義）；(2)懷疑藝術家的直覺控制，或忽略意圖的意義，這就等於向主體把握自身及其世界的能力提出了總的挑戰。《世界》雜誌的一位作家明確地闡述道，以前巴特在《神話學》中嘲諷的東西，乃是資產階級對文學批評的態度（這種批評的任務在於宣稱拉辛就是拉辛）。這位論戰的參與者寫道，真正的文學批評企圖為過去而理解過去，並「拒絕修改它……文學批評在拉辛中尋找拉辛，而不是拉辛與意識形態或專門術語接觸時所經受的變形。❷」巴特在「拉辛就是拉辛」這句話中注意到，這個同語反覆是虛假的，因為存在的只有各種各樣的拉辛。

> 我們至少懂得，這種空洞的定義為那些驕傲地揮舞著它的人們提供的東西：某種微小的道德救助，滿足於維護關於拉辛的真理，而又無須承擔任何真正的研究所必然涉及的危險。同語反覆取消了我們的思想，但同時又驕傲地使這種特許變為一種嚴格的道德；由此，獲得了它的成功——提升到嚴格性高度的懶惰。拉辛就是拉辛：空洞無物而可敬的安全感。（《神話學》，第四八頁／《艾菲爾鐵塔》，第六一頁）

皮卡爾的攻擊使巴特成為新批評派的代言人，受到一切自願裁決這場衝突的人的讚揚或譴責。巴特在《批評與真實》中並未回答皮卡爾關於拉辛的不同意見，而對所提出的一般問題作了回答。當然，他的主要論點是皮卡爾引證為基礎的東西（語言的確定性、心理連貫性的含義和風格的結構要求）已經是基於一種意識形態的解釋，而學院派批評家卻想把它當成理性本身。巴特聲稱，主要的問題是學院派批評拒絕承認語言的象徵性，尤其是拒

絕承認語言的含混性和含蓄意義。皮卡爾的確是最頑固的標準型人物，他拒絕各種含蓄意義：「人們沒有權利在『回到港口』這個語句中想到水，或在『就地休息』(respirer一詞兼有呼吸和休息之意──中譯者）短語中，正好想到呼吸機制。」（第六六～七／二〇頁）巴特強調指出，這種主張需要理論上的證明，需要關於文學語言和批評的規約及目的的論證。不能把這種主張視作當然，雖然舊批評的全部傾向在於訴諸自然之物和指責新批評走得太遠。

對巴特來說，解釋當然應當是超出限度的。遵守既定輿論的批評會是沒有意義，或是沒有趣味的。巴特的寫作總會導致爭議：它簡潔的表達激怒著持其他觀點的人。但巴特很少參加由他激起的爭論，而且以後幾年，他日益成為他所說的「寬容論者」：「在個人論述方面絕不妥協，但無意於向他人挑戰，或維護本人的立場。」獲得成功後，他變得像他在就職講演中幽默地說的那種「通過詢問我自己的快樂何在，以逃避一種理智困境的個人傾向」（《就職講演》，第八／四五八頁）。

然而，在《批評和真實》的第二部份，巴特的確是挺身而出，提出了自己最明確無誤、最有說服力的文學研究綱領。他提出，一個國家的文學批評任務也許是「周期性地選擇它過去的對象，並重新描述它們，去發現能夠怎樣理解它們」。於是，巴特區別了文學批評和文學科學或詩學，前者承擔著將作品置於一個情境之中和說明一種意義，後者則分析意義的條件，將作品當作一個空的形式。當作品被閱讀時，這個空的形式可被賦予意義。批評家是一位作家，他企圖用他的語言包裹住作品，通過從作品中導出意義來產生意義。另一方面，詩學不解釋作品，而是企圖描述使作品成為可理解、可讀解的結構和規約，以使作品獲得對不同時代和不同集團的讀者都具有的那一系列意義。

　　在皮卡爾的壓力下，巴特表達了一種非常邏輯和足以辯護的
立場，但他不可能只靠這一主要區分進行研究。即使他相信文學
就是一種意義批評，他也並不想花費時間去填充意義；但他對過
去和現在的作品進行語言實驗的興趣，阻止他只限於研究那些使
作品具有可理解性的結構和代碼。《批評和真實》並未能使我們了
解巴特的立場，但它提供了對文學批評的一個極好論述，並為結
構主義的文學科學或詩學提供了一個明晰的綱領。

註　釋

❶ R・皮卡爾：《新批評還是新騙術？》（巴黎，鮑威爾出版社，一九六五），第六九頁；英譯本第二一頁（華盛頓州立大學出版社，一九六九）。

❷ E・吉通：《巴特先生和學院派批評》，載於《世界》，一九六四年三月二十八日，第九頁。

第六章　符號學家

　　作爲一般記號科學的符號學是由現代語言學奠基者索緒爾於本世紀初提出的。六十年代以前，符號學始終只是一種觀念，後來人類學家、文學批評家和其他研究者受到語言學家成功的影響，設法從其方法論觀點中受益，於是發展了索緒爾早先假定的符號學科學 ❶。巴特是符號學最早的擁護者，多年以後，當他爲法蘭西學院講座選擇名稱時，即以符號學爲其研究領域命名，雖然在他的就職講演中，巴特曾強調說，他個人的符號學與他曾促進過的那門正在發展中的符號學學科相比，如果不說是正相對立的話，也是頗帶隨意性的。

　　於是，在討論作爲符號學家的巴特時，則既要確認他對這一學科持續不斷的關切，又要著重指出他的特殊方式；即一方面贊成新方法的說明潛力和疏異化力量，另一方面，當出現了學科正統化的可能性時，又加以抗拒。這一學科早先對他的吸引力似乎是顯而易見的。在《神話學》裡，他發現種種語言學術語都能爲他提供新的文化現象觀點，而且他熱情地看到有可能將人類的一切活動都看作是一系列的「語言」。「在我看來，一門記號科學是能夠促進社會批評的，而且沙特、布萊希特和索緒爾可以在這一構想中通力合作」（《就職講演》，第三二／四七一頁）。一部份吸

引力在於，他希望一門要求人們爲能指和所指命名的形式學科會令人信服地顯示各種各樣活動的意識形態內容。但是一門新學科或一套新詞彙的意義，首先在於迫使人們密切注視習以爲常的事物，並闡明確信無疑的道理：爲了運用新術語和新方法步驟，人們必須對熟知的慣習重新思考。

　　新方法有一種疏異化效力，但這種效力在該學科本身變成正統科學後就可能喪失了。當巴特只是把符號學定義爲向其它既定學科加以質疑的一種新觀點時，他似乎有可能繼續把自己看作是一名符號學家。在《就職講演》中，他開玩笑地說，他希望將他的文學符號學講座變成一把永遠轉動的輪椅，「現代知識學的百搭」（第三八／四七四頁）。他把他的符號學定義爲語言學的「展開」，或者更專門一些說，定義爲對被科學語言學作爲不純因素棄置一邊的一切意義問題之研究。正是「這種活動把語言的不純、語言學的棄物、一切信息的直接解體等等匯攏，這正好是積極語言所由構成的慾望、恐懼、表達、恐嚇、進取、討好、抗議、藉口、侵略和旋律」（第三一～三二／四七〇～四七一頁）。巴特在其全部學術生涯中，都把符號學概念當作是促進被正統學科忽略的意義問題的開放。當符號學成爲一既定的領域時，巴特的符號學就從對一門記號科學的促進變爲在其邊緣地帶活動了。

　　他本人一時也確曾嘗試過在其《符號學原理》（一九六四年）一書中建立一門正統科學。這本書論述了一門初興學科的基本概念（在語言系統和言語、能指和所指、組合關係和聚合關係之間的區別），並考慮如何能將它們運用於種種非語言現象。他說，符號學首先必須「實驗自己」；作爲公衆實驗家的巴特，他在實驗著那些他認爲在研究其它意指現象時可能證明爲有用的語言學概念。

　　索緒爾在語言系統(langue)和言語(parole)之間的區分是最重要的。語言系統是人們在學習一種語言時所知道的語言的系統，而言語則是一種語言無窮無盡的說和寫的話語。語言學和類似的符號學，企圖描述使指涉事件成立的各種規則和區分的基本系統。符號學正基於這樣的假定：只要人的行為和事物有意義，就必定存在著產生該意義區分和規約的、有意識或無意識的系統。例如，對於研究飲食文化系統的符號學家而言，言語就是一切吃喝的事件，而語言系統就是在這些事件背後的規則系統。這些規則規定什麼是可吃的，各式菜肴如何相合或相反，它們又如何組成一餐飯，簡言之，就是能使一餐飯在文化上正統或非正統的一切規則和規定。餐廳菜單表示著一個社會「飲食語法」的樣例。這裡有「句法的」位置（湯、小吃、主菜、沙拉、甜點）和諸對立項目組成的聚合類，每一項均可填充一個位置（在其中加以選擇的湯位）。一餐飯中，有支配諸項的句法序列的規約（湯、主菜、甜點是正統的序列，而甜點、主菜、湯則是不合語法的）。而在各類（主菜、甜點等）的內部，諸菜肴間的對比也具有意義；漢堡和烤野雞有著不同的二級意義。在用語言學模式研究這些材料時，符號學家有一個明確的任務：建立區分和規約系統，這些區分和規約使一組現象能對一個文化的成員具有意義。

　　巴特論述的一個突出特徵是，他認為語言不只是一個符號學系統的主要範例，而且是一個符號學家永遠依賴的現實領域，實際上，符號學家只研究語言。他竟然極端到認為索緒爾錯誤地將語言學變成符號學的一個分支，實際上符號學才是一門無所不包的語言學分支：它是關於語言如何表達世界的研究。當符號學家研究特殊文化的飲食系統或服裝系統，並企圖發現其意指單元和對立關係時，他們從用以討論服裝和飲食的語言中，從這種語言

為其命名和不為其命名的事物中，得到了最好的啟示。「誰又知
道，在從窄邊軟帽向無邊女帽，從全麥麵包向白麵包轉變時，我
們是否在從一種所指向另一種所指轉變呢？在大多數情況下，符
號學家會有某些結構性媒體或後設語言，它們將為他提供他在進
行接換測定(commutations)時所需要的所指：關於烹調的文章
或時裝雜誌。」(《符號學原理》，第一三九～一四〇／六六頁)

即使語言是符號學家所擁有的唯一根據，這也並不表明符號
學作為語言學一個部分的程度，大於歷史學家由於依賴文學記錄
資料而成為語言學一個部分的程度。但是符號學家不能只依賴語
言學；他們不能假定任何有名稱的東西都是有意義的，而任何無
名稱的東西都是無意義的，特別是在研究習以為常的事物時。然
而，對巴特而言，在他的一部大型符號學研究專著《時裝系統》
中，卻表明語言根據在方法論上是必不可少的。時裝是這樣一種
系統：它通過區分衣著、賦予衣飾細部以意義，和在服裝的某些
方面與人世活動建立聯繫的辦法，創造著意義。巴特寫道，「是意
義在促成銷售」(第十頁)。為了描述服裝系統，巴特從整整一年
的兩份時裝雜誌中收集了圖片下面的說明文字，所根據的設想
是：說明文字引起人們注意的那些服裝部位使該種服裝最終成為
流行的樣式，因此他得以辨識在這個記號系統中起作用的區別。

巴特舉了兩個例子恰當地表明了他所發現的三個意義層次，
這兩個例子是「印花布服裝在比賽中獲獎」和「細長滾邊是動人
的」。在巴特所謂的「服裝代碼」(即流行物的代碼)層次上，印
花布服裝和滾邊是能指，其所指是「流行的」。在第二層次上，印
花布服裝和比賽的結合暗示這類服裝在某種社交場合中是適當
的。最後，存在著「一種新記號，其能指是整個時裝話語，其所
指是世界的，以及雜誌必須去或想要去傳達的時裝形象」(第四十

七頁）。例如，這些說明文字暗指滾邊不僅被看作是優雅的，而且實際上也產生著優雅感；印花布服裝是社交勝利重要而積極的因素（生活是一場競爭，你的服裝將為你贏得或輸掉這場競爭）。巴特把第二和第三層次稱作時裝的「修辭系統」。

服裝代碼是重要的，但不特別引起閱讀的興趣；巴特辛勤地研究了大量的時裝說明文字，分析了時裝似乎以之為基礎的諸變體。他遇到了一些方法論困難，特別是要真正清楚地加以分析，有什麼樣的服裝組合是不可能或不時髦的信息 ❷。對於巴特和他的讀者來說，修辭系統，即時裝的神話層次要更為有趣得多。時裝在企圖將其規約作為自然事實來呈現時，它遵從神話的規則。說明文字告訴讀者，「今夏服裝將是絲製的」，就像是宣稱一種不可避免的自然事件一般。「衣服變長了」，簡直就是不可違抗的事實。說明文字聲稱這些服裝將會多麼有用（「正好適合涼爽的夏季夜晚穿」）。但某些用途的說明又是令人困惑的。例如，為什麼要說「適宜於沿著卡萊碼頭晚間散步用的雨衣」呢？巴特指出：

> 使其功用不真實的正是關涉世界的這種準確性；在這裡，人們遇到了小說藝術的悖論：任何這樣詳細描述的功用都不真實，但與此同時，這個功用越具有偶然性，就顯得越自然。因此時裝寫作是以現實主義風格為前提的，按此前提，精確細節的積壘證實了被表現事物的真實性。（第二六八頁）

時裝有力地、辦法多端地使其記號自然化，因為它必須儘可能讓人們理解細微的區別，宣布微小變化的重要性。「今年絨毛織品取代粗毛織品」。重要的是區別本身，而不是區別的內容。時裝「是人類傾心享受的奇景，用以使無意義的事物產生意義」（第二

八七頁）。或者像巴特在《批評文集》中說的那樣,「時裝和文學,以一種高級藝術的全部複雜性,強烈而巧妙地進行意指,但你也可以說,它們意指著『空無』,它們存在於意指過程之中,而非存在於被意指的對象之中」(第一五六／一五二頁)。

巴特這部最系統的符號學研究著作得出的結論是反對一門記號「科學」概念。這一結論在他後來的寫作中越來越加以強調了。他在談到六十年代初期時,曾不無輕視地說道:「我曾做過一個甜美的科學性之夢。」(《訪問記》,第九七頁) 他在把符號學定義為:關注每一種使一門意指科學不能成立的東西時,就把對科學的拒絕與意指作用對所指的優先性聯繫了起來,而寧肯忽略這一事實,即這種堅定的意義觀,產生於並證實於他現在加以輕視的系統觀點。只有通過指出時裝或文學是一個系統,一個不斷產生意義的機制,巴特才能堅持意指作用優先於被意指者。個別地看,在一個系統的視野之外,時裝陳述是有意義的,這些意義似乎比任何意指過程都更重要。只有令人信服地通過辨識一個符號學機制的系統功能,人們才能夠證明具體時裝說明的內容是無關緊要的,也才能夠重視作為系統的時裝或文學的概念。這些系統破壞著或清除著它們所大量產生的意義。

巴特雖然後來希望把他的符號學闡釋為這樣一種意義觀──它對科學分析的一切方面均加以拒絕。然而,巴特在其後期著作中關於意義的論述之所以引起人們興趣,卻正因為他提出了關於其它意指層次的一般性主張。當他指出他與麵包房中的婦女關於美麗陽光的談話帶有一種階級感的痕跡時,這肯定不是科學,但它卻是有意思並有洞察力的,因為它指出有關階級精神記號的研究會擴大到什麼地步。當他評述學院派討論的規約,要求人們注意一個問題的表面內容,而非注意它所表示的背後態度時,他是在確定一個研究主題:特定內容和言語行為之間的關

係，以及不同規約如何使人們關注於這一方面或那一方面。巴特安坐在他的「輪椅」上，不再需要一門擴大和運用其洞見力的科學來支持他的洞識；他可以暢談製作一種無權勢的話語之願望，這種話語不企圖強人接受，而只是一種令人愉快的「偏離作用」（《就職演說》，第四二／四七六頁）。然而，他話語的興趣仍然會表現在對記號和由記號引起意義的潛在系統性思考方面。因為有意義之處即有系統。巴特正是這樣教導我們的。

註 釋

❶ 關於索緒爾語言理論和其符號學方案的討論，參見作者以前為《現代大師》叢書寫的《索緒爾》一書（倫敦芳格那出版社，一九七六年；紐約企鵝公司，一九七七年）。

❷ 參見拙著《結構主義詩學》，第三四～三八頁。

第七章　結構主義者

　　「巴特是誰？」對這個問題的現成回答是：「一位法國結構主義者」。雖然巴特最熱烈的崇拜者會堅持說，結構主義只是他多采多姿一生中的一個因素，而且不是最能表現其「本色」的一個因素。不過，這畢竟是一個最重要的因素，它是他影響的源泉，構想和態度的成果，未來研究策略的跳板。當結構主義成爲一種權威的源泉時，巴特可以安然地與其保持距離，聽任別人將自己看作一名「後結構主義者」，但是這導致了相當的混亂，爲了發明「後結構主義」，就必須將結構主義貶爲一幅狹小的漫畫。許多宣告爲「後結構主義」的東西，實際上在結構主義的寫作中已經明顯可見了。

　　巴特在一九六七年爲〈泰晤士報〉文學副刊撰寫的一篇文章中，把結構主義定義爲一種分析文化產品的方式，其根源是語言學方法❶。他在《批評文集》中說明道，他「在從事一系列結構分析，目的在於界定大量非語言學的語言」（第一五五／一五一～一五二頁）。結構主義在把文化現象當作規則和區分的基本系統之產物時，它從語言學借取了兩個基本原則：其一是意指實體不具有本質，而是由內外關係網界定的；其二是說明意指現象即描述使意指現象成立的規範系統。結構說明並不尋求歷史性的前件

或原因，而是討論特殊現象或行為的結構和意義，方法是使它們與它們在其中起作用的系統發生關係。

在六十年代，似乎沒有必要區分結構主義和符號學。巴特在《批評文集》中界定「結構主義活動」時宣稱，「認真依賴意指性術語」曾是結構主義的標誌，並且，他勸告關心的讀者「注意誰使用能指和所指，同時性和歷時性」（第二一三～二一四頁／二一四頁）。雖然符號學最終被看成是一個研究領域（對各種各樣記號系統的研究），「結構主義」卻表示著六十年代法國寫作中的此類主張和方法──它們試圖描述一系列人類活動的基本結構。巴特寫道：「一切結構主義活動的目標，不論是反思的還是詩的，都在於『重組』一個對象，以顯示其運用規則。」他斷言，「新穎之處是一種思想方式（或一種『詩學』），這種思想方式與其說是企圖將完全的意義賦予它所發現的對象，還不如說是想了解意義是如何產生，以何為代價和運用什麼手段的。」（第二一八／二一八頁）他敦促文學研究者：

> 不把作品意義的破解，而把該意義形成的規則和限制條件的重構當成一個道德目標……批評家不負責作品信息的重建，而為它的系統負責，正如語言學家不負責譯解語句的意義，而為建立使此意義可被傳遞的形式結構負責。（第二五九～二六○／二五六～二五七頁）

為了理解最引人入勝、最富於創新性的作品的運用，就必須重建這些作品模仿、抗拒或瓦解的規範系統。

我們可以區分結構主義文學研究的四個方面。首先，企圖根據語言學描述文學語言，以便把握文學結構的特殊性。巴特在討論文學話語時經常運用語言學範疇；他對本維尼斯特區分涉及陳

述情境的語言形式（第一和第二人稱代詞，在這裡、在那裡、昨天一類詞語和一些動詞時態）和不涉及陳述情境的語言形式極感興趣。這種區分幫助巴特分析敍事技巧的某些方面，但他採用的是某種「非法盜用式」的語言學方法，他不願像一些結構主義者那樣進行系統的語言學描述❷。

第二種主要的構想是發展一門「敍事學」(narratology)，其作用是在不同的敍事方法中識別敍事的諸組成成分和它們的可能組合。俄國的形式主義者弗拉基米爾‧普羅普的民間故事「語法」描述了故事的基本動機和其各種組合的可能性。法國結構主義者以普羅普的研究爲基礎，特別關心情節問題，探索什麼是情節的基本成分，這些成分如何組合，什麼是基本的情節結構，以及完全性與不完全性的效果是怎樣產生的。巴特爲《通訊》的一個專輯寫的長篇導論就論述了這個問題（〈敍事結構分析導論〉，載於《形象、音樂、本文》），而且在後來的著作中，他既強調了情節結構在寫作的可理解性中的作用，又強調了通過破壞敍事的預期而可能產生的效果。他寫道，不可能產生一段敍事「而不涉及一個隱在的單元和規則系統」（《形象、音樂、本文》，第八一頁）；只有相關於常規的敍事預期，構造才可能是過度的或靠不住的。

除了系統的敍事研究以外，結構主義者還企圖指出，文學意義如何依存於由某種文化先前話語所產生的代碼。對這一構想最重要的貢獻就是巴特的《S／Z》一書，稍後，我們將討論它。最後，結構主義推動了讀者在產生意義的過程中所起作用的分析，也推動了對文學作品在抵制或符合讀者預期的過程中所造成的效果方式的分析。這種關切在巴特後來以討論羅伯－格里葉爲開端的寫作中，採取了兩種不同的形式。首先，一種看法是字詞以及作品只有在相對於話語規約和閱讀習慣時才有意義。如果要理解文學結構，對此就必須加以研究。爲此，讀者作爲規約的儲存者

和規約運用的實行者是最重要的。詩學關注於作品的可理解性，並把讀者作爲一種作用，而非一個人來加以研究，因而使閱讀得以進行的就是代碼的具體體現。巴特寫道：「接近『本文』的『我』本身，已經是其它本文、其它代碼的一個複合體，其它本文和代碼的數目是無限的，或者更準確說，是遺失的（其根源是遺失了的）……立體性一般被想像爲一個多重體，我以此多重體與本文交遇，而實際上這個僞裝的多重體只是構成我的一切代碼的痕跡，於是，我的主體性最終具有著固定型式的一般性。」（《S／Z》，第一六～一七／一〇頁）而這個讀者也出現在第二種主張中：最有吸引力和最有價值的文學是那種最有力地調動著讀者的、有刺激力的、又能促使人們注意結構化的閱讀活動的作品。「文學作品中（在作爲作品的文學中）至關重要的是使讀者不再是本文的消費者，而是本文的生產者。」（第一〇／四頁）結構主義讓讀者作爲一個中心角色出現在文學批評中，而且，如巴特所說，「讀者的誕生必定以作者的死亡爲代價」，作者不再被當作意義的來源和仲裁者，這是他樂於付出的代價。（《形象、音樂、本文》，第一四八頁）

　　結構主義者理解，我們如何使本文有意義的設想導致人們不把文學看作一種再現或交流，而看作是由某一文化的文學機制和話語代碼所產生的一系列形式。結構分析不導向隱秘意義的發現，一部作品就像是一棵葱，巴特寫道：「一個諸層次（諸層次或諸系統）組成的構造，其體幹最終不包含中心、內核、隱秘物、不可還原的原則，除了它本身無限多的包層以外，別無所有，它所包含的不過是自身諸表層的統一體。」❸一種結構分析不產生對本文的一種「說明」，而是以對其內容所持的觀點開始，進入諸有關代碼的作用區，「識別它們的詞項，描繪它們的序列，也設定其它代碼，後者將出現在最初諸代碼的界域中。」❹他在《形象、

音樂、本文》中這樣說道：

> 　　在寫作多重體中，一切均可拆解，但一切均不可破
> 釋；結構在每一點、每一層次上都可被追溯、「被抽絲」
> （像襪線那樣），但不存在底層的東西：寫作空間可以
> 漫遊，但不可以穿透；寫作不停地設定意義。為了不停
> 地將它驅散，對意義進行系統的消除。文學（從此以後
> 最好說寫作）正是以這種方式，通過拒絕將一個「隱秘
> 的」、一個最終的意義賦予本文（以及賦予作為本文的世
> 界），釋放出一種可稱作反神學的活動。這種活動是真正
> 革命性的，因為拒絕固定意義，歸根結柢就是拒絕上帝
> 和其同體物──理性、科學、法則。（第一四七頁）

　　一種「紬繹」意義之線的拆解活動──這就是巴特最抱負不
凡和不斷堅持的結構分析方式，也是《S／Z》這部關於巴爾扎克
短篇小說《薩拉辛》的逐字逐句的研究。他把小說本文分解為諸
片段，或他所說的諸「字詞」(lexias)，確定諸片段所依存的諸代
碼。每一代碼都是被積累的文化知識，它可使讀者識別供特殊功
能或序列調遣的細節。例如情節性代碼(proairetic，巴特往往用希
臘文創造專用名詞) 是向讀者提供將細節置入情節序列的一系列
行為模式：因為我們有「墜入情網」、「綁架」、「承擔危險使命」
等固定類型的模式，我們就可以嘗試安排和組織在閱讀時所遇到
的細節。解釋學代碼支配著神秘和中止，它有助於我們識別被當
作謎團的東西，並把細節作為可能解決謎團的依據。意義(semic)
代碼提供文化固定型式（例如個性模式），它可使讀者收集信息以
創造角色；而象徵代碼引導人們從本文細節推移到象徵解釋。巴
特在《S／Z》中所稱作的指示代碼，後來被劃分為一系列文化代
碼，它們極易被看作是提供本文所依賴的文化信息的眾多範本

❺。當巴爾扎克寫蘭提伯爵「像西班牙人一樣憂鬱、像銀行家一樣討厭」時，他在援引文化固定型式。當他寫薩拉辛走出他在那兒聽贊比內拉唱歌的劇院，「被一股無名的悲傷侵襲」時，我們近似性模式的文化使我們將其讀解爲極度困窘的一個標誌。「雖然完全引自書本，但這些代碼，通過資產階級意識形態所特有的將文化變爲一種自然的逆轉，已被當作現實、『生活』的基礎。」（《S／Z》，第二一一／二〇六頁）

當巴特確認代碼和論述代碼在古典和現代文學中的功能時，並不打算解釋《薩拉辛》，而是把它當作一個本文間構造物，作爲種種文化話語的產物加以分析。他在《形象、音樂、本文》中寫道：「本文不是一串釋放出單一『神學性』意義的字詞（一個作者——上帝的『信息』），而是一個多維空間，其中各種各樣、又沒有一個是原初性的寫作彼此混合著和衝突著。本文是引自無數文化中心的一套引語。」（第一四六頁）他關注於諸代碼間的引述作用，描述（例如）可讀文學的反諷策略。指示性代碼由於其一致性，很容易令人生厭：

> 古典的彌補辦法是……用疊加一個第二代碼的方式反諷地處理它們，由第二代碼獨立地陳述它們……在說薩拉辛「渴望一間燈光昏暗的屋子、嫉妒的對手、死亡和愛等等」的時候，這段話語把三種相互交錯的代碼混合在一起……激情代碼確定薩拉辛應當有什麼感覺；小說代碼將這種「感覺」轉換爲文學：這是一位天真作者的代碼，他毫不懷疑小說代碼是激情的正當（自然的）表達；反諷代碼處理前兩個代碼的「單純性」：當小說家著手談論角色（代碼二）時，反諷家著手談論小說家（代碼三）……產生……一部巴爾扎克的混合曲，以進一步

促成諸代碼的交錯疊加就足夠了。這種代碼的交錯效果是什麼呢？它不斷地超越先前的領域，渴望無限地進行下去，從而構成了一種在其遊戲中具有巨大潛力的寫作。(《S／Z》，第一四五／一三九頁)

可讀的寫作使讀者能確定那個代碼是最後的 (例如說，隱含的意思是「這是反諷的」)；然而像福樓拜這樣的作者，「運用著一種充滿不定性的反諷，在寫作中產生了一種有益的不安：他拒絕中止代碼遊戲 (或只是部份地中止它)，結果是 (而且這無疑是寫作的眞正考驗) 他從不知道他是否在爲自己寫的東西負責 (在他的語言背後是否有一個主語)：因爲寫作的本質(構成寫作的作品之意義)在於阻止對『誰在說話？』這一問題給予任何回答」(第一四六／一四〇頁)。

巴特分解本文以追求代碼的做法使他能進行細密的讀解，同時又拒絕英美細密讀解法的這種假定：必須指出每一細節都有助於整部作品的美學統一性。他關心作品的「多重性」，拒絕尋找一種全面的統一性結構，而去探討每一細節如何在起作用，細節與那些代碼相關。於是巴特表明了自己是十分善於發現細節的功能作用的 ❻。明顯無效的描述性細節，例如，由於它們未能與推動情節、揭示性格、導致中止或產生象徵意義的任何代碼發生聯繫，因而產生了一種「現實效果」：這是因爲它們拒絕它們意指的意義——「這是實在的」❼。

《S／Z》的矛盾在於它的範疇明顯地貶低古典的、可讀的文學，巴爾扎克是這類文學的典型，但他的分析又賦予巴爾扎克的一篇短篇小說以有力的、引人入勝的複雜性。《S／Z》所根據的是可讀文學與書寫文學之間的區別，是我們預期一致的古典寫作和我們不知如何閱讀、而實際上在閱讀中又必須理出頭緒的前衛派

寫作之間的區別。《S／Z》宣稱「書寫文學是我們的價值所在」，
然而它又處理著一個可讀的故事；但其分析卻不是揭示一種惹人
生厭的可預期性，而是使這個故事開放，呈現爲對其自身代碼及
其文化意指機制的透闢、豐富的反思。「《薩拉辛》表現了再現性、
記號的毫無限制的（傳染性的）流通、性與命運等等的混淆」（第
二二二／二一六頁）。《S／Z》宣布了分裂性的前衛派文學的優越
性，從而產生了一種理智氣氛，巴爾扎克的愛好者在此氣氛中可
設法從一種古典鑑賞式的閱讀中拯救他的小說，把他的作品當成
探索它本身意指程序的寫作。在這裡，巴特的分析效果頗有示範
性：根據符合規約作品和違反規約作品之間區別的結構分析，在
最出人意料、最傳統的場合，最終發現了一種徹底的文學實踐，
從而摧毀了文學史概念和巴特最初的區分。這是巴特結構主義的
主要成就之一。

　　《S／Z》是巴特的summa（總論），他文學觀的概要和若干
往往被視爲矛盾的構想的會聚地。一方面，它顯示了一種強有力
的衝力（科學的和後設語言的），將作品分解爲諸組成部份，在一
種唯理主義和科學的精神中進行命名和分類。在它企圖說明讀者
如何去理解小說時，它促進了在《批評與眞實》中描繪過的詩學
的建立。然而，巴特和其他人都認爲從《S／Z》開始，結構主義
的構想被放棄了：巴特力申，他並不把作品當作是某一基礎結構
的顯示，而是去探討它與自身的區別，它不易捉摸飄忽易逝的現
象，以及它克制自身似乎以之爲基礎的代碼的方式（第九／三
頁）。《S／Z》一直被認爲是既有結構主義，又有後結構主義的極
端例子，它表明我們應當對這種區分抱懷疑態度。從一開始就應
記住，結構主義描述文學話語代碼的企圖是與這樣一種探討聯繫
在一起的──即像羅伯－格里葉這樣的前衛派作品是如何突出、
模擬、違反這些規約。

當然，在結構主義的科學抱負和（例如）所謂「解構論」那種後結構主義之間存在著對立 ❽。這種對立極富特色地表明：話語如何破壞著它們以之爲基礎的哲學前提；但是，人們也許輕易地、過分地看重這種區別了。結構主義不斷訴諸語言學模式，以改變批評思想的中心，這就是從主體轉變到話語，從作爲意義根源的作者轉變到在社會實踐話語系統內起作用的規約系統。意義被看作是代碼和規約的效果，有時還被看作是違反規約的效果。爲了描述這些規約，結構主義以種種科學爲前提（一般記號科學、神話科學、文學科學），這些科學爲一系列分析構想提供了方法論的視野。在每一種構想中，特別要加以關注的是那些兩可之間的或有疑問性的現象，它們有助於識別那些排除它們的規約，而且，它們的力量也正依賴於這些規約。一門科學或有關形式的完全「語法」概念，被當作是實際上專注於研究非語法或偏離常規的現象的方法論視野，如在有關褻瀆或禁忌的人類學研究中，或在傅柯有關瘋狂和幽閉症問題的結構主義研究中。人們會說，一門無所不包的科學這一觀念對結構主義所起的作用，與一種無所不包的「進行質疑的概念」，對某些類型的所謂後結構主義所起的作用一樣：無論是一種全面的科學還是一種全面的質疑，都不可能是一種理論的完成，但是，對於進行話語功能的有力分析來說，它們都是必不可少的。在《S／Z》中，巴特的研究從結構主義過渡到後結構主義，經歷了徹底的改變——這種看法是巴特本人促使人們形成的觀念，但是，實際上《S／Z》所關切的問題卻表現在巴特的全部研究活動中。而在巴特宣稱自己是一名享樂論者之後所發生的轉變，就更爲明顯，也更有意義了。

註　釋

❶〈科學與文學的對比〉，載〈泰晤士報〉文學副刊，一九六七年九月二十八日，第八九七頁。

❷關於結構主義文學研究中語言學運用的一般討論，參見作者的《結構主義詩學》第一部份。關於巴特對本維尼斯特區分法的運用，參見該書第一九七～二〇〇頁。

❸〈風格和其形象〉，載《文學風格：會議記要》，S. Chatman編（紐約牛津大學出版社，一九七一年），第一〇頁。

❹〈從何處開始？〉，載於《新批評論集》，第八九頁。這是巴特最接近結構分析指導的一篇文章。

❺參見巴特的〈艾德加‧坡一個故事的本文分析〉，載於《敘事和本文符號學》，Claude Chabrol編（巴黎拉露斯出版社，一九七三年）。英譯本書名為《解開本文》（倫敦，一九八一年）。

❻巴爾巴拉‧約翰遜在一篇傑出的文章中，把巴特的「反構造主義的」《薩拉辛》研究法與「解構論的」讀解法加以對比，並認為巴特拒絕重組或重構本文導致他誤解了作品破壞它所從屬的閱讀方式的途徑。參見她的論文〈批判的區別：巴特和巴爾扎克〉，載《批評的區別》（霍甫金斯大學出版社，一九八一年）。

❼參見巴特的〈實在效果〉，載《通訊》第十一期（一九六八年），第八四～八九頁。

❽關於對解構論的一種闡釋，參見拙著《論解構：結構主義以後的理論和批評》（康奈爾大學出版社，一九八二年）。

第八章　享樂論者

　　一九七五年，當巴特向一位採訪者說明歡悅一詞在其作品中的重要性時，談到了他想「爲某一種享樂論負責，返回到被壓制了數世紀之久的一種受貶的哲學」(《對談錄》，第一九四～一九五頁)。《本文的歡悅》是這一哲學復活的最初記錄，而在巴特的其他寫作中，歡悅概念也起著突出的作用。他在《巴特自述》中問道：「對他來說，除了一股歡悅感之外還能是什麼別的觀念呢？」(第一○七／一○三頁)他在《薩德、傳立葉、羅耀拉》中宣稱：「本文是一種歡悅的對象。」但是，歡悅必須被選取。「文學的挑戰在於這部作品如何使我們關切、驚異、充實？」❶

　　《本文的歡悅》是關於本文歡悅的一種理論，也是一個指南，甚至是一次自白。巴特說：「我在一個故事中享受的東西不是它的內容，甚至也不是它的結構，而是我加在光潔表面上的擦痕(éraflures)：我快速前行，我省略，我尋找，我再次沉入。」(第二二／一一～一二頁) 歡悅也許來自漂移(la dérive)，它「發生在我未關注全體之時」，以及我被似乎是模糊的、戲劇性的、甚至極端準確的語言擺布之時 (第三二／一八頁)。例如他在「精確性」中取得歡悅：「在《波瓦和皮古舍》❷中，我讀到這樣的句子，它給予我歡悅感：『桌布、床單、餐巾被木衣夾垂直地掛在繃緊

的繩子上。』在這個句子中，我享受著一種極度的準確性，一種執迷的語言精確性，一種描述的狂熱（在羅伯－格里葉文字中遇到的那種）。」（第四四／二六頁）巴特在追敍他從小說、傳記或歷史裡的日常生活細節中所感到的歡悅時，繼續想像一種建立在消費者歡悅觀念上的美學和「一種關於閱讀歡悅或關於歡悅的讀者的類型學」。按照這種美學，每一次閱讀的精神過程都充滿了一種特殊的本文歡悅：戀物慾者是片段、引語、短語修辭的熱愛者；偏執狂是後設語言、注釋和闡釋的操縱者；妄想狂是對隱秘和繁複心理的深刻解釋者和追求者；歇斯底里患者是拋棄了一切批評的距離而投入本文的狂熱者（第九九～一○○／六三頁）。

關於閱讀和歡悅的討論似乎會導致一門本文神秘學，然而，巴特力申：「正相反，全部的努力在於使本文的歡悅物質化，使本文成爲一種歡悅對象，正像任何其他對象一樣⋯⋯重要的是使歡悅領域均等，廢除實際生活和精神生活之間虛假的對立。本文的歡悅正在於：反對將本文分開」，並堅持將色情式的蓄意，擴展到一切種類的對象，包括語言和本文（第九三／五八～五九頁）。

巴特爲了將本文引入歡悅領域，又提及身體：「本文的歡悅發生於我的身體追求它本身的觀念時。」（第三○／一七頁）或如他再次說到的：

　　每當我企圖「分析」一個令我歡悅的本文時，我遇到的不是我的「主體性」，而是我的「個體」，這個所與者使我的身體與其他身體分離，並賦予它痛苦或快樂：我遇到的是我進行享受的身體。而這個享受的身體也是我的歷史主體，因為在聯合著傳記的、歷史的、社會學的和神經的因素（教育、社會階級、童年成長）的極其複雜的過程的終結處，我平衡著（文化性的）歡悅和（非

文化性的）陶醉之間矛盾的交互作用。（第九八～九九／
六二頁）

涉及身體的是巴特提出關於閱讀和寫作的物質主義論述總企
圖的一部份，它有四種特定功能。首先，引入這出人意外的詞，
產生了一種有益的疏異化作用，尤其是在法國的傳統中，長期以
來，自我與意識等同，例如，在笛卡兒「我思」理論中的「我思
故我在」即是。這個自我是一個意識到自身的意識，而非體驗著
的本文歡悅者；而身體是巴特用作表示有關實體的名字：這個實
體比笛卡兒的「心靈」更模糊、更異常，也更難駕馭和理解。

其次，結構主義費了大量精力證明有意識的主體不應被看成
一個所與物和意義之源，而應被看作是諸文化力量和通過主體起
作用的諸社會代碼的共同產物。例如，有意識的主體並不是它所
說的語言的主人。我「懂」英語，意思是我的身體可說、寫、理
解英語，但我不可能意識到構成我知識的大量而複雜的規範體
系。瓊斯基斷言，我們不應說兒童在「學一種語言」，彷彿這是一
種有意識的行為似的，而應說語言在他們身上「增進」。他稱語言
是一種「心理器官」，使其與身體聯繫起來，以強調其與身體較諸
與意識的關係更密切。其它文化性技巧所要求的也遠遠多於有意
識的知識：酒類鑑賞家不能說明如何區別儲酒的年份，但他的身
體可以辦到。巴特使用「身體」正是指這類考慮。

第三，巴特在本書第七章引用了《S／Z》中的一段說，如果
結構主義把主體看作大量代碼和結構力量的產物，我的主體性就
只是一個偽裝的複合體，構成我一切代碼的痕跡，巴特不可能談
論主體的歡悅，而不假定他堅持提出的眾多疑問。但是，他需要
一種考慮以下經驗事實的說話方式：即一個個人可以閱讀和享受
一個本文，無論他的主體性多麼富於固定型式和一般化，最好仍

將某些經驗當成是屬於他的。身體的概念使巴特能夠避免主體的問題：在訴諸「這一所與物，它使我的身體與其他身體分離，並賦予它痛苦或快樂」時，他強調說，他不是在談論主體性。當一位俄國領唱在唱歌時，「聲音不是個人的：它根本不表現歌唱者的心靈；它不是原初性的，而同時它又是個別性的：它使我們聽到一個無同一性、無『個體』的身體，然而它卻是一個獨立的身體」（《形象、音樂、本文》，第一八二頁）。《羅蘭‧巴特語初階》模擬的巴特「語法」，清楚地把握住了這個主題，它解釋說，你在巴特的作品中可以看出，通過說「這當然因爲你和我沒有同一身體」，你不可能達到與某人的一致性❸。

　　第四，用「身體」代替「心靈」，這與巴特強調的作爲歡悅源泉的能指的物質性一致。當傾聽歌唱時，他寧可用身體性的「音粒」，而不用表現性、意義或分節表達等概念。他在日本時，喜愛在外國人眼裡日本文化表現出的模糊性（外國人不能領會在當地人看來也許是一目了然的意義）。他注視的一切事物都變成身體運動的一次令人愉快的表現：「在那裡，存在的是身體。」（《記號的帝國》，第二○／一○頁）

　　但是，儘管有這些特定的目的，援引身體概念好像永遠會產生一種神話化的可能性。有時，巴特本人的表達法使人覺得來自身體的東西竟比任何其他東西更深刻、更眞實，尤其是更自然。「我能用我的語言做一切事，但不能用我的身體做。我用語言隱藏的東西，我的身體將它說了出來。」（《戀人絮語》，第五四／四四頁）傾聽一位俄國領唱歌唱時，「在那兒有某種東西，明顯而堅定，超越了語言的意義（或在意義之前）……某種簡直就是領唱者身體的東西，它從腹腔、肌肉、隔膜、軟骨之深處，而且是從斯拉夫語言的深處傳至你的耳際」（《形象、音樂、本文》，第一八一頁）。認爲一個本文的分析是基於享受的身體，就是主張它有很

大的真實性，這種真實性比這種分析是基於懷疑的心靈時要真實。《巴特語初階》指出，當問及一句話背後的作者身份時，巴特語的說話者應當回答：「我從我自己的身體處發話。」稍後，巴特肯定了這一分析的機敏性，他在《描像器》開頭問道：「我的身體關於攝影知道些什麼？」（第二二／九頁）這個問題假定著身體知識的優越性，它引導人們回答：「甚至比你的心還要少」。

如果像巴特在《音粒》中所說的那樣，身體是「由其慾望和其無意識所點燃的主體」（第一八四頁），那麼，這個詞就提出了一種避免討論無意識和引入精神分析的途徑，而又不需藉助於比有意識思想更基本的自然概念。當巴特提出，對於以往時代的任何一位作家而言，他們都有一種從事前衛派創作的機會，如果進行書寫的是身體，而不是意識形態的話，此處援引身體概念就暗示存在著一種超越作家思想的短暫文化特徵的自然基底，而且正好提出了巴特在「人類大家庭」中所分析的那種神話化作用，那幅照片的說明企圖將自然置入超越文化條件和制度的表面差別的人的身體之中。

巴特十分清楚，這種神話化作用會隨援引身體（或慾望，它在近年來法國思想中也起著一種自然的新名字的作用）概念而產生。《形象、音樂、本文》一書指出，「必須被割開的」有機整體概念，從其對作為一種統一整體形象的身體的隱含指示中，大量地汲取了它的神話化力量（第一七四頁）。《巴特自述》一書將corps（軀體）一詞看作他的「超自然詞」：「這個詞強烈的、複雜的、不可表白的、多少具神秘性的意義，使人產生這樣的幻覺，這個詞可為世間萬物提供解答。」（第一三三／一二九頁）但是，按照巴特的新享樂主義，他既不願放棄這個詞，又不願放棄對自然隱含的指示，自然是不斷通過身體一詞而引入其寫作中的。他曾無情地揭露了資產階級企圖用自然代替文化，並消除理智，同

時又依賴於直接「被感覺」者或視爲當然者，現在他卻寫道（例
如）：「我可以肯定（由於身體的、震顫的肯定性）聽到，萬達・
蘭多斯卡的古鋼琴彈奏聲來自她內部身體，而非像許多古鋼琴彈
奏者那樣來自細指的撥動（它是如此不同的一種樂器）。」（《形象、
音樂、本文》，第一八九頁）這難道是另外一個巴特嗎？

　　實際上，除了我提到的那種策略作用，援用身體概念並無多
少闡釋力。巴特在《描像器》中問「我的身體關於攝影知道些什
麼呢？」的時候，他只發現一些照片「對我存在著」。於是，他必
須「假定一種結構規則」，這是一種對比規則：一幅照片的「斯土
地姆」(studium)，如他爲其定名的那樣，是人們借助自己的一般
文化和對世界的理解（對被再現物的理解）所察覺的東西，而照
片的「潘克土姆」(punktum)，是分割或擾亂該圖像的東西，「即
刺激我的偶然細部」（第四四～四九／二三～二七頁）。巴特斷言，
「我的慾望是一個不完善的調節者，而歸結爲其享樂論構想的主
體，是不可能認識普遍事物的。」（第九五／六〇頁）（在該書第
二部份，他繼續將攝影與愛和死的一般力量聯繫起來）

　　儘管《本文的歡悅》反覆指涉身體性的快樂，卻也是一本理
論性著作。他把《S／Z》中可讀性和寫作性之間的區別轉換爲兩
類快樂之間的非對稱對立：plaisir（歡悅）和jousissance（狂
喜）。有時，歡悅一詞用來指一切種類的閱讀快樂。「一方面，每
當我必須指稱本文的極度豐富性時，我需要一個一般的詞『歡悅』
……而另一方面，每當我需要將歡快、實現、滿足（當文化自由
穿入時的一種充實感）和狂喜所特有的震動、瓦解、甚至缺失相
區別時，我又需要一種特殊的『歡悅』，整個歡悅的一個簡單部
分。」（第三四／一九頁）有時，巴特堅持這樣的區分：歡悅的本
文是可讀的本文，即我們知道怎樣閱讀的本文；狂喜的本文
(jouissance，遺憾地被翻譯者譯成 "bliss"——極樂) 是一種加

予讀者缺失、擾動（或許已達到某種可厭程度）的本文，它騷亂讀者歷史的、文化的、心理的假定、趣味的一致性，以及價值和記憶，使讀者與語言的關係發生危機。」（第二五～二六／一四頁）

該書探討了這兩類本文或諸本文方面（歷史的、心理學的、類型學的）之間的區別，而且在主張一種區別的重要性的同時，又似乎常常暗示，本文歡悅和本文效果有賴於在令人滿足的本文中發現狂喜因素的可能性，這類本文是有關歡悅的，或使狂喜性的後現代寫作成爲充分可讀的，於是，就產生出這類本文瓦解的、猛烈的、亢奮的效果。巴特寫道：「不論文化還是文化的摧毀都不是色情式的，成爲色情式的東西都是它們之間的裂隙……造成歡悅的不是急烈；摧毀並不使它感興趣；它所渴望的是缺失、縫隙、切口、收縮的處所，即在讀者狂喜之時刻，抓住他的溶解力。」（第一五／七頁）一個裸體比「留有衣縫之處」更少色情感（第一九／九頁）。前衛派技巧或傳統預期的瓦解，作爲在可讀話語中的裂隙，其震動力更富歡悅性。例如，福樓拜「具有切割、穿透話語的辦法，而又不會使話語無意義」（第一八／八頁）。「本文需要它的陰影，一些意識形態，一些再現作用，一些主題：靈魂、口袋、痕跡、不可避免的暗影，因此，顛覆必定產生它本身的明暗對比。」（第五三／三二頁）巴特說，即使如此，非連續性、溶解、不定性和不可讀因素都包含著某種可厭性。他指出，「厭煩離狂喜不遠，它是從歡悅岸邊眺望的狂喜」（第四三／二五～二六頁）。「不存在純淨的厭煩」，它只是根據其他要求獲得的狂喜。

關於厭煩的這句格言說明了巴特在《本文的歡悅》中所做的研究。通常，我們把厭煩想作一種直接的情緒經驗，但它是一個重要的理論範疇，在任何閱讀理論中均起作用。人們如果去仔細閱讀一本左拉小說中的每個字詞，就一定會厭煩，如同人們企圖瀏覽《芬尼根們的甦醒》，把握其情節時所感到的那樣。思考厭煩，

即考慮本文和它們所需的閱讀策略。這種活動與其說是自白性
的，毋寧說是理論性的，如果說《本文的歡悅》似乎沒有認眞地
將其本身當成理論，自覺地避免連續性，也並不意味讀者可以不
把它認眞地看作是一種連續性理論活動的各個片段。

巴特意圖恢復享樂論可能是他最難加以評估的構想，因爲它
似乎陷入了以前他曾有效揭露的那些神話化作用；然而，它仍繼
續對思想的正統性提出挑戰。對歡悅的談論被當代大多數有力的
思想活動——尤其是他曾鼓勵過的那些活動——當作無關緊要的
東西而棄之不論，於是，他提出的享樂論就顯得是一種急進的步
驟了。但是，他對本文歡悅的讚揚又似乎使文學批評朝向傳統主
義者從未放棄過的價值，而且他對身體性歡悅的指涉爲很多人創
造了一個不那麼令人生畏的、科學化和理智化的新巴特。他對他
曾幫助創造的一種理智氣氛的明顯反抗，在某種程度上，使他更
合廣大讀者的口味，現在他們可以從巴特身上看到一種熟悉的形
象：敏感、放任的文士，他寫自己的興趣和快樂，而絕不向基本
思想方式挑戰。巴特的享樂論在某種意義上是策略性和急進的，
它不斷爲自己招致自滿自足之譏。《作家索萊爾思》談到了由「感
官對象轉化爲話語」所帶來的主要快樂，這可能會使大多數嚴肅
寫作免除了煩厭。索萊爾思的著作「《H》是一片字詞之林，我在
其中找尋引動我的東西（當我們是孩童時，曾在樹林裡找尋藏在
那兒的巧克力蛋）……我等待會使我感興趣、並爲我確定其意義
的片段」（第五十八頁）。括弧中這段話儘管帶著它俗常的感傷情
調，卻可能正反映了作爲一名作家的巴特最大膽的素質之一。

註　釋

❶為夏多布里昂的《蘭西生平》撰寫的序言，載於《寫作的零度及新批評文集》，第一〇六頁；英譯《新批評文集》，第四一頁。

❷這是福樓拜的一部未完成的小說，發表於一八八一年。——中譯者。

❸《巴特語初階》（巴黎巴拉爾公司，一九七八年），第四一頁。

第九章　作家

　　巴特在《巴特自述》中回顧自己的工作時，並沒有把自己看作批評家或符號學家，而是看作一名作家。他沒有評估他曾強調的概念的正當性，而是注意它們作為寫作策略的有效性；它們「使文章行進」，它們「能使他說些什麼」。母親之死使他想寫些什麼關於她的事，而在法蘭西學院，他最後的課程又是關於「小說寫作的準備過程」，表現了他對作家生平細節令人驚異的興趣：作家寫作時如何組織他們的時間，他們作品的空間和他們的社會生活。在回答採訪以及在《巴特自述》中，他討論了自己「與寫作工具的關係」（喜歡用鋼筆而不是圓珠筆或打字機）、他的書桌安排、他的日常時間表。這些討論，《巴特語初階》都進行了出色的模仿。他曾宣稱，對真正的作家而言，寫作是一個不及物動詞：作家只是寫作（或寫作一個本文）❶。現在他是用這些詞來介紹自己工作的；他的使命不是去分析特殊種類的現象而是寫作。《巴特自述》不是對他過去作品評論：「我放棄了對一個舊我耗費精力的尋求，我不打算去恢復我自己。」（如我們談到不朽的紀念那樣）「我不說『我將描述我自己』；而是說『我在寫一段文字，我稱它為R. B.』。」（作者名字的縮寫——中譯者）（第六○／五六頁）他提醒道，他的全部工作也許只是一種再現紀德日記的隱秘

企圖，這種文體形式的片段，以反省的方式探索了作家與寫作的糾葛。

　　甚至在他倡議新的科學時，他也賦予自己以作家的特權，去竊取、利用其它學科的語言。《神話學》中的〈今日神話〉這篇文章在第一段就告訴我們，神話是一種「言語類型」，「一種交流系統」，「一種信息」和「一種意指方式」，這篇文章隨意忽視了這些詞語在語言學中的重要差別。稍後，他與概念的寫作關係變得更爲明確，並成爲評述的主題了。他說，《描像器》離開了「一種模糊的、漫不經心的、甚至是譏諷的現象學，它如此欣然同意隨著我的分析興致，或歪曲、或躲避其原則」（第四〇／二〇頁）。《巴特自述》中有一節用不同方式描述了這種傾向：

　　　　相對於環繞他的系統來說，他是怎樣一個人呢？說是回聲室吧：他拙劣地複製著思想，追隨著字詞，光顧或敬謁詞彙系統，引用概念，將它們重新排列在一個名字下；他使用這個名字就像使用一個象徵（因此實踐著一種哲學表意符號學），而在他追隨這個象徵直到最後的時刻，它卻使他失去了象徵爲其能指的那個系統（這使他獲得了一個記號）。「轉移」來自精神分析學，它似乎一直在那裡，但又輕易地離開了伊底帕斯情境。拉康的「想像界」擴展到古典的「自戀」的邊緣……「資產階級」接受了全部馬克思主義的重點，然而又不斷地溢出到美學和倫理的境地。當然，這樣，字詞改變了，系統在交流之中，現代性被嘗試著（就像人們試著去按收音機上所有不知如何使用的按鈕一樣），但是，經此創造出來的本文網絡就不折不扣是表面性的：自由地依附著名稱（哲學的、精神分析學的、政治的、科學的）與其

> 原始系統仍然保持的未被切斷的一線之連：黏著的和浮
> 動的。當然，這樣做的理由是他不可能同時想要一個詞，
> 又堅持將它一用到底：他心中對這個詞的願望是主要
> 的，而這種歡悅，部份是由一種學理思想的擺動所造成
> 的。（第七八／七四頁）

　　不論將一個術語從其原始系統中解放出來的歡悅是什麼，
「學理思想的擺動」對巴特寫作的成功總是重要的，而當放棄了
那個詞，又發明了自己的詞，並放棄了其它話語的暗示性支持時，
結果就完全不同了。作為分類學的永久愛好者，他往往援用專門
術語和希臘字。在《論拉辛》中，他主張有三種文學史：文學所
指者的歷史、文學能指者的歷史、文學意指方式的歷史。使用那
些互相聯繫，又為一個思想系統所持有的詞語，即使這些詞語是
以比喻方式使用的，也賦予分類學一種邏輯性和可成立性。與此
相反，讓我們看一下《作家索萊爾思》中的一種分類法，巴特在
這本書中提出五種閱讀索萊爾思作品的方式：「en piqué」，「en
prisé」，「en déroulé」，「en rase—mottes」和「en plein—
ciel」。可大致將它們譯為：「俯衝式」、「品鑒式」、「展開式」、
「著地式」、「鳥瞰式」（第七五頁）。這一分類法完全是比喻性
的：這些類別被當成閱讀方式或例解（如一種「鳥瞰式」的閱讀），
而且它們被取自非常不同的話語領域。它們彼此絕少共同之處，
並且只以間接方式運用於閱讀。以「俯衝式」閱讀，即隨處挑揀
美詞麗句；以「鑒賞式」閱讀，即充分關注某一特殊發展；以「展
開式」閱讀，即平勻快速地瀏覽；以「著地式」閱讀，即逐字逐
句地細讀，而「鳥瞰式」閱讀，則是全面俯瞰，將該本文當作大
語境中的一個對象。人們可以把這種分類法稱為「任便式」的：
富於暗示性，也許相當機智，但不含理論性主張，別人幾乎不可

能將它納入一種閱讀理論。巴特繼續發表理論論述，但越來越多地選擇會損壞其理論地位的表達方式。

作爲一位作家，他是與衆不同、令人不能低估的：一位法語散文大師，他爲思想討論塑造了一種更富活力的新語言。他偏愛一種極其鬆散的、同位式的句法，這種句法把臨時從各種角度選用的語句串連起來，這樣，他就可以使抽象概念具有一種感官具體性。他寫作藝術的基礎，在於將一個詞語及其通常語境的暗示應用於一個完全不同的語境，這也許在隱喻詞中最引人注目，這裡被移出的語境是一清二楚的：『我並不恢復我自己（就像我們在談一個紀念碑那樣）」；「免除掉意義（好像一個人免除軍役似的)」。巴特把自己的想像描述爲「類比性的」，而非隱喻性的，比較的是諸系統，而非諸個別對象（《巴特自述》，第六二／五八頁）。這既是他的風格特徵，也是一種總的分析策略。如他在把某些活動當成一種語言，並探討這種語言包含的可能組成成分，以及區分特徵時那樣。

《記號的帝國》是他第一本不與一種批評的、分析的研究項目聯繫在一起的書。他說，日本「使我在寫作方面獲得了很大的解放」（《音粒》，第二一七頁）。在日常生活中，他看到眼前一些激發愉快寫作的事物和習慣，一種與我們相反的文化的快樂神話學。他寫道，不用想像一個虛構的烏托邦，「無須以任何方式去描寫或分析任何一種現實，我就能從世界的某處選取大量特徵（這是一個圖解的、語言學的詞），並以它們構成一個系統。我稱作『日本』的正是這個系統」（第九三頁）。長長二十六節的篇幅思考著日本文化的某些方面——飲食、戲劇、面容、毫無內在意義的精緻包裝、俳句、自動販賣機，表現了巴特本人的烏托邦，在這裡，人工製品支配一切，形式不具意義，一切都只是表面的。充滿經濟奇蹟和技術霸權的資本主義日本竟然無影無蹤了，巴特

知道，在這樣一個時刻，正當他在《太凱爾》雜誌的友人忙於宣傳毛澤東和中國文化大革命時，他卻在把日本理想化，真是罪不可恕。然而，不論其真實情況如何，日本畢竟將巴特投入「寫作的情境」之中了。

《巴特自述》也許是這位作家最傑出的一次寫作實踐。一節一節短篇按字母順序排列，有的用第一人稱，有的用第三人稱，每一節的標題都是隨意選用的，很可能是事後加上去的，顯示出一種任意的次序。這「不是關於他的思想的書」，而是「關於他抗拒個人思想的書」（第一二三／一一九頁）。它想像性的自我貶抑產生了吸引力，誘使人們把它當作一種權威的導引，這特別是因為它否定了自己的權威性：「我寫的有關我自己的東西絕非是什麼定論：我越『真誠』就越須加以解釋……我的各篇文章彼此脫節，沒有一篇凌駕於它篇之上；在後的文章只不過是另一篇本文，一個本文系列中的最後一篇，但並不是意義中的最終項，本文之上的本文，什麼也不說明。」（第一二四／一二〇頁）

他抗拒自己的思想，談論「R. B.」，不分析自身，而是「上演一個形象系統」──圍繞自身形象的移動，就像舞台上的布景似的，把某些布景片從側翼拖前，把另一些布景片送後，並將各種布景片加以調配。他談到兒時的回憶，較他以前有關個人身世的論述，比人們預計的更為肯定，也更帶懷舊情緒。他毫不猶豫地描繪他度過的那段平靜的中產階級生活，特別是在鄉間度假的時光，並指出，「當然，我洩露私生活最多之時，我暴露自己也最多」，因為按照一位左翼知識分子的信仰，真正「私人性」的、不體面的東西就是瑣細活動，是「由主體自白的資產階級意識形態的蹤跡」（第八五／八二頁）。他這樣去寫，當然要冒些風險，儘管該書在其他問題上令人不解地緘口不言。他寫了母親，但從未提過他的異父兄弟。而且，這位身體論者也並未陷入性放縱，在

〈女神H〉一節中,他說,「潛在的倒錯歡樂(這裡指兩個『H』,即同性戀和吸大麻)一直遭到輕視」(第六八/六三頁),但並未提供任何關於他性生活的自白或軼事。在寫「自我」和收集形象系統時,「我有所節制,以便既保護我自己,又顯示我自己」(第一六六/一六二頁)。二者的比例是精心策劃的。

也許,巴特的品質在下面幾節有關對寫作自覺反省的文字中顯示得最充分:

> 本書充滿了格言式的語調(我們、某人、永遠)。現在,格言與一種本質主義的人性概念相互通融;它與古典意識形態聯繫在一起:它是語言諸形式中最傲慢的(往往是最愚蠢的)。那麼,為什麼不拒絕它呢?理由始終是情緒性的:我寫格言(或者我描繪其運動),以便使我自己心安,當某種煩擾出現時,我就將自己交付於一個我力所不及的穩定點,以減輕這種煩擾。「實則一向如是」:於是這個格言就誕生了。格言是一種語句名稱,去命名即使平靜。此外,這也是一個格言:通過寫作格言,以緩和我追求放縱的恐懼。(第一八一/一七九頁)

這類思考的力量有賴於它們識別出了理智構造的情緒原因。但是,由於進行引誘的東西是一種有效力的說明(一種理智構造物),於是讀者如作者本人一樣,陷入了一種論證循環。人越信任這類思考,就必定越懷疑它。這類誘陷作用正是有力的寫作效果。

巴特最流行而又最不平常的寫作實踐就是《戀人絮語》,由愛情話語產生的寫作。這種語言(主要是戀人獨處時的怨嘆和思緒,不是一位戀人與伴侶的交談)是非流行性的。雖然這種語言散佈在通俗小說、電視節目、嚴肅文學中被千百萬人說著,卻沒有一個機構去探討、維持、修正、判斷、重複這種話語,或為其負責。

多多少少是爲了上述目的，巴特在情人話語中發現了產生「小說性」的途徑——減去情節和人物的小說。按標題的字母順序排列，即從s'abimer（沈溺）到vouloir－saisir（攫取願望），巴特將各式各樣的話語匯攏：從文學作品中，特別是從歌德的《少年維特之煩惱》中選取的引文和釋義。其中既有第一人稱的語句，由未署名的戀人思慮著、表達著自己的處境，又有在各種各樣理論著作中（柏拉圖、尼采、拉康的作品）提出的沈思默想。一系列片段，或像他所說的「修辭格」（其意義如「姿勢」），爲一部小說，爲一套場面，爲一些感情或思考的話語提供了素材，而且，這裡還有一種個人愛情故事感人心肺的暗示，但並沒有展開或連續性，沒有戀愛關係中的情節或進展，不是去展開角色，而只是呈現戀人和被戀者一般化了的作用。

標題是愛情「數字」或「順次」：

> 如果有「焦慮」這樣一種修辭格，是因爲主體有時怨嘆（無關該詞的科學性意義）：「我焦慮不安。」卡拉斯在歌劇裡唱道：「焦慮不安！」這個修辭格是一種歌劇唱腔；正如這個唱腔通過其首句（「當我平靜下來」，「哭吧，我的眼睛」，「星星在閃爍」，「我的命運在哭泣」）被認出、記住和運用一樣，修辭格也以一句短語、一些詩句、在暗中發聲的副歌或主歌起始。（第九／五頁）

「我想了解……」、「該做什麼……」、「當我的手指無意中……」、「再也不能這樣繼續下去了……」，它們就是巴特愛情修辭格的首句，導引著那些我們將認出的片段。「當我們穿過話語而認出某種被讀、被聽、被感的東西時，就形成了修辭格。」（第八／四頁）正如一種語言的語法是對本國語說話者語言能力的描述，

並企圖掌握對該語言的說話者而言是語法上認可的東西一樣，巴特也企圖把按我們文化代碼和固定型式所能接受和識別的東西理解爲一個戀人的怨嘆。他把歌德的《少年維特之煩惱》當作一個參照點，因爲它被當作大部份歐洲文化中愛情態度的模式，並且提供了這種複雜情感的被忽略的修辭學豐富源泉。

　　巴特建議去模仿這個話語，而不是去分析它，但分析的因素仍常常出現，被模仿的戀人在表明自己是高明的分析家，他細心地思考著自己的條件和圍繞著自己的記號。試看，「當我的手指無意中……」這個例子。「這個修辭格指示一切由於與被慾望者的身體（更準確些說，皮膚）偷偷觸碰時所引起的內心話語」。人們會期待戀人沈浸於身體觸碰的感官快樂之中，但是：

　　　　他戀愛了：他到處憑空創造意義，使他震顫的也是意義：他落入意義的熔爐中了。對戀人來說，每一次碰撞都提出了回應的問題：皮膚被要求給與回答。

　　　　（手的緊握——大量的信息資料——手心的輕微彈動，一動不動的膝蓋，雙臂似乎自然而然地伸向椅背，伴侶的頭漸漸靠在上面，這是微妙隱秘的記號的極樂世界；一場歡樂，不是感官的，而是意義的。）（第八一／六七頁）

　　戀人生活在一個記號世界裡：涉及被愛者的任何東西都充滿了意義，而且他可以花上幾個小時去分類和解釋行爲的細節。「事情是瑣細的（永遠是瑣細的），但它將把我的一切語言都吸附過去。」（第八三／六九頁）

　　巴特在描述情人含有記號性質的思考時是足智多謀、令人信服的。一個情人往往會陷入「做什麼」的「思慮修辭格」中：

　　我對行為的焦慮是永遠無用的。如果對方偶然或漫不經心地給了某個地方的電話號碼，在那裡，他或她在某一時間可以被找到，而我立即就感到為難了：我應當打電話呢還是不打？（告訴我可以打電話——這是該信息客觀合理的意義——是沒什麼用處的，因為我不知如何對待的正是這個允諾）

　　……對我這樣一個戀愛主體來說，一切新穎的、惹動心緒的東西都不被當作一樁事實，而是被當成應當解釋的記號。從戀人的角度說，事實只有在直接轉換成記號時才變得重要：重要的不是事實而是記號（由於其反射作用）。如果對方給予我這個新的電話號碼，它的記號是什麼呢？是由於喜歡有電話，而邀我立即打電話，還是只在有機會、有必要時再打？我的回答本身也將是一個記號，它是對方必然要解釋的，這樣，在我們之間就產生了一種令人心緒不寧的形象運動。一切都在意指：由於這個命題，我陷入，並束縛於算計之中，使我不得快樂。

　　有時由於思慮「空無」（如世人所見），我精疲力竭；然後，在做出反應時，我企圖返回（像溺水者踏著海底時那樣）自發的決定（自發性：偉大的夢想——天堂、權力、狂喜）：打電話吧，既然你想打！然而這種依賴是無效的：戀愛的時間不允許戀愛主體調節衝動與行為，使二者相符：我不是那種「硬幹」的人——我的狂熱緩和了，看不見了；我害怕立即見到結果，任何結果。「自發的」東西正是我的恐懼(我的思慮)。（第七五～七六／六二～六三頁）

　　這些小說片段不只是描繪了戀人思想可以識別的修辭格，而且也生動地顯示了意指機制和它們束縛性的複雜狀況。使戀人、執迷的解釋者和解釋情境的清醒分析者與符號學家或神話學家相區別的，就是他的話語的情感性：他把約定性記號誤當作理論性記號，賦予他周圍的瑣事以特殊的、內在的、固有的意義❷。「現代見解所不相信的」這種情感性，使愛情變成不時髦的、甚至是「猥褻性」的話題，在文雅的社交圈裡不被人談論。反之，在當前話語中，性卻被看成一個重要的話題「(歷史性的顛倒：粗鄙的不再是性，而是情感——以最終只是另外一種道德的名義加以譴責)」(第二○九／一七七頁)。但是，愛的情感性的真正「猥褻性」卻在於這樣的事實，人們不可能因為發表了情感性的東西而犯了轟動性的錯誤，於是，它始終是完全在界限之外的。「愛的猥褻性是極端的。什麼也不能補救它、賦予它一種過錯的肯定價值……愛情本文 (幾乎不是一個本文) 是由微弱的自戀情結、心理的瑣細因素構成的；它缺乏華采，或者說它的華采……是不可能達到的華采。」(第二一一／一七八～一七九頁)

　　作為薩德文學提倡者，巴特努力創造了一種適合道德過錯的理智氛圍。他指出，恢復通常情愛的情感性，就是對過錯的一種過錯，對珍視極端過錯的正統的一種違反。在該書中，巴特詳述了一種被忽略話語的修辭格，他使處於最荒謬的和情感性的形式中的愛情成為被關心的對象，從而使我們驚異莫名。

註　釋

❶〈寫作：一個不及物動詞〉，載於《批評語言和人的科學》，R. Macksey
　和 E. Donato 編，霍普金斯大學出版社，一九七〇年。

❷關於情感性的符號學討論，參見我的《福樓拜：不確定性的運用》（康奈
　爾大學出版社，一九七四年），第二二五～二二八頁。

第十章　文士

　　巴特告訴人們，「我沒有傳記」，「更準確說，從我寫第一行字開始，我就不再看見我自己了」。事實上，他能夠、也確實回憶和追敍過他的幼年時代和青年時期，然而，從那以後，「一切都是通過寫作來表現的了」（《音粒》，第二四五頁）。他對自己鋒利自嘲的反省將自身表現成由各種觀念、自白和支言片語組成的混合體，一種各種片段的不穩定的集合，並且不具有統一性或中心：「我所是的這個主體不是統一的」（第二八三頁）。《巴特自述》在兩種觀點間交替擺動：一方面它抱怨「寫自己」有以虛構使自身移位的危險。「在語言中任意滑行時，我無從使自己與……比較；……像變成了直接字義性的了；對主體生命的基本危險是：寫自己也許是一種自不量力的想法；但也是一種簡單的想法，有如自殺的念頭那麼簡單」（第六二／五六頁）。另一方面，這些片段也得出結論說，在這些虛構背後一無所有：自我是一種話語構造物；「主體只是語言的一種效果」，一個文學的自我（第八二／七九頁）。「難道我不知道在主體領域裡沒有所指者嗎？……我是那個發生在我身上的故事」（第六〇／五六頁）。無論對他還是對我們來說，巴特都是一個各種寫作的集合體，這些寫作之間的對立或矛盾，不可能通過判定那一些表述或判斷是真正「巴特」的而

加以消除——除非當「巴特」本身是用以排列這些片段的一個構造物時。

巴特是一介文士,這意義就是:他的生命是一種寫作的生命,一種語言的歷險;但臨到生命結束時,他才開始佔據傳統意義上的一個文士地位。他似乎成了「文學價值」的一種體現:對語言的愛,特別是對精美的短語,或富於豐富暗示性的形象的愛,對物品和事件的心理暗示性的敏感,對各式各樣文化產物的興趣,以及對精神生命至上的信奉。他不只是一位批評家,而且是一位文學家,對他同時代人而言,他對文化問題的見解代表了一種有教養的審美態度。當他對一位採訪者談到慵懶時(他與採訪者最後幾次對談之一的名稱即「要敢於慵懶!」),人們可以依賴他見識不凡的鑑別力和對精神價值的關切得到優雅的、非正統的闡述,這種闡述是由一種理論眼光而被賦予活力的。他經常為新書寫序言或寫展覽會目錄前言,討論飲食問題,看歌劇,彈鋼琴,回憶童年❶。在《就職講演》裡他斷言,「偉大的法國作家的神話,一切較高價值的神聖守護者,已經瓦解了。」而且一種新型人物出現了,「我們不再知道(或還不知道)怎樣去為他們命名:作家?知識分子?書寫家?無論如何,文學統治消失了。作家不再是中心舞台。」(第四〇/四七五頁)巴特就是這種新型人物,他通過取消文學的支配性而獲得權威性,並提出了「偏移寫作」觀:即通過當代理論語言去探索思想與生活經驗的寫作片段。

他最後一本書《描像器》顯示了他作為文化評論者所起的作用。他避開了專門知識,並強調了他對攝影的思考只涉及他的文學文化、他的敏感,以及他的人性經驗,於是他決定從母親的一幅照片中「引出一切攝影」,對他而言,這幅照片表現出的是她「變為她自己」。他把攝影與愛和死相聯繫之後,雄辯而敏銳地探討了

他對母親新近逝世的反應:「我失去的不是一個人物（母親），而是一個存在者，又不是一個存在者，而是一個性質（一個靈魂）:不是必不可缺者，而是不可取代者。沒有母親我可以活下去（像我們大家遲早都會不在一樣）；但是生命中剩下的部分或許是絕對地、完全地不可規定的(沒有性質的)」(第一一八／一七五頁)。他總結說，照片「一直是這樣的」；「照片的本質是認可它所表現的東西」(第一三三／八五頁)。巴特在這種寫作方式中，以毫不咄咄逼人的姿態體現了一個敏感的文學心靈可能達到的「智慧」或洞識。這種寫作方式的感染力曾由《新聞周刊》上的一篇書評指出，它稱讚了這本「偉大的書」的抒情人道主義:「巴特引導讀者走上一條深入到他內心生活的優美的、抒情的旅程，並引導他們深入他所喜愛的表現媒體，這個媒體不斷地與人類「難以掌握的現實」處境挑逗」。

羅蘭·巴特這位資產階級神話的批評家是怎樣做到這一點的呢？在《巴特自述》中，他描繪了一種機制作用，並設想了一種軌跡:

反作用的構成:一種信念（流行意見）被假定為不可容忍的；為了使我自己擺脫它，我設定了一個反論，接著這個反論也出了問題，成了一種新的僵化意見，本身變成了一種新的信念，於是我必須再尋求一個新的反論。

讓我們遵循這個軌跡前進。在作品的源頭是一種社會關係的模糊性，一種虛假的自然；於是，第一步是非神話化；而當非神話化由於重複使用而趨於僵化時，就得加以替換，（接著被假定的）符號學科學企圖通過提供一種方法使神話的姿態或姿態生動、活躍而豐富；然

後，這門科學又被大批聚積的形象阻塞住：符號學科學
的目標就被（常常是過於嚴格的）符號學家的科學所取
代；因此，人們必須使自己脫離符號學科學，並將慾念
的織體、身體的要求引入這個理性的形象儲聚體：這就
是本文，本文的理論。但是，本文也面臨著瓦解的危險：
它在毫無光澤的本文中重複著自身，僞裝著自身……本
文往往蛻化爲空談(Babil)。下一步往那兒去呢？這就是
我現在的處境。（第七五／七一頁）

在第一階段，他企圖改造記號：「我指著我的面具向前」，被
作爲意指活動的理想座右銘而屢次提出（僅在《寫作的零度》一
書中就有三次）。記號科學似乎就是把被他看作是最引人關注的
當代研究潮流匯聚在一起的東西：「精神分析學、結構主義、本
質心理學、某些新型文學批評。巴什拉是記號科學的最先嘗試者，
這些研究都不再關心事實，除非當事實被賦予意義時。現在，去
假定一種意指作用也就是去求諸符號學。」（《神話學》，第一九五
～一九六／一一一頁）但是，一種符號學的規則一旦被建立起來，
巴特的反應卻使他的著作變得像是一種科學的「非寫作」(unwrit-
ing)。他先前試圖建立的後設語言現在被當成所與物了；爲使理
論「鬆動」，他接受了後設語言的術語，卻使這些術語和它們的幾
乎所有規定的特性脫離，並鼓勵它們轉向其它方面的關係。本文，
他的「超自然詞語」之一，開始代表一種不可控制的事物，一種
無限的意指關係圖景。本文與先前的話語相交織，最終與一切文
明相關聯。讀者概念與本文概念聯繫在一起，形成了一對不可駕
馭之物：與任何通過分析去掌握本文的企圖相反，人們可以強調
讀者的重要作用；除了由讀者產生的之外，本文不存在意義或結
構。但與任何使讀者成爲一門（心理）科學的對象的企圖相反，

人們也可以強調，本文有能力瓦解讀者最有把握的假定，並使他們最有權威性的策略失效。

《S／Z》以後，巴特文學論述中一個引人注目的特徵是，在他述說的故事中，讀者和本文可以輕易地變換位置：構造一個本文的讀者的故事可轉變爲操縱讀者的本文的故事。巴特在爲《世界百科全書》所寫的「本文理論」條目中寫道，「能指屬於每一個人」，但他很快接著說，「不知疲倦地工作著的是本文，而不是藝術家或消費者。」在下一頁，他又回到最初的立場：「本文理論消除了對閱讀自由的一切限制（認可人們以完全現代的觀點去讀解一部過去的作品），但它也極力堅持閱讀和寫作的生產性等價。」把讀者提升爲本文的生產者，和把本文描述爲在二者交遇中的控制力量，是相輔相成的。其結果是專注於這種相互作用，而防止採取鼓勵系統研究的觀點❷。

巴特的寫作向身體和向日常生活快樂的轉向，似乎是一種重要的移位。至少，這個新階段寫作的主題和方式使巴特重又合乎他曾攻擊過的資產階級口味。安奈特・拉威爾注意到，「快樂」、「魅力」、「智慧」這些新詞，使理智不那麼有威脅性了，而且新的主題（愛的憂傷，童年的回憶，母愛和外省生活場景）導致法國公眾發覺他原來是位作家❸。誰會想到，倡導所謂「作者之死」的巴特，會在法蘭西學院講授法國古典作者的寫作習慣（巴爾扎克的睡袍、福樓拜的筆記本、普魯斯特浮網狀的屋子），而且會不把他自己的作品描述爲對某種一般活動的貢獻，而描述爲他本人的慾望表現呢？我們可以用他喜愛的螺旋形比喻來描述這種奇怪的復歸現象：先前拒絕的態度再次出現在他的寫作中，然而是在另一場合、另一層次上。當他宣稱反對一切系統時，他竟奇怪地類似於那些文學傳統主義者了，後者曾經輕蔑地把靑年巴特看成是欠缺性靈的還原記者。他在《描像器》中宣稱，「我身上最確實

不過的東西就是對任何還原性系統的堅決抵制」（第二一／八頁），而且在防止人們返回文化的未被覺察的「自然的」固定形式時，他似乎忘記了系統的策略作用。

巴特當然注意到他恢復了他曾企圖改變的文化傳統所偏愛的主題和態度，但他把這一現象當作另外一種違抗，即對知識分子正統性的瓦解。「把一種情感主義重新引入那被開放、被承認、被解放、被探討的政治的和性的話語領域，難道不是最根本的違抗嗎？」（《巴特自述》，第七〇／六六頁）人們當然可以將巴特的工作看作是創造了一種氣氛，在這種氣氛下，他重新把傳統因素當作一種前衛派的違抗作用。但是，有幾個問題激起人們對最後階段的巴特的根本性的懷疑。

首先，自然性又心安理得地滑入他的寫作：尤其是以身體偽裝的形式，同時還有攝影中的「難消除的所指者」，直接在那兒的東西，權威者和不可懷疑者。巴特的批評和分析的工作不斷暴露那種將自然設定爲文化的企圖，和那種爲人們行爲和解釋援引自然論據的企圖。然而，後來幾年他似乎日益受到一種話語法則的支配：當你將自然揭露爲文化，並將它從某處驅除之後，它就會重新在別處出現。

第二，巴特從他譴責的那種系統性研究中獲益匪淺，而如果他願承認自己從中獲得的益處的話，人們將會更欣然地接受他的譴責。倘若他的簡潔式思考沒有以種種方式（按其詞彙、按其明顯的主題）與使他成名的系統式研究聯繫在一起的話，作爲寫片段作品的作家，他也許就不會獲得成功。因爲一些習知的詞語被運用在新的方式上，以便使它們曾有助於建立的理論減少嚴格性，所以在《巴特自述》中的回顧式思考就使人感到不快。巴特的工作永遠是不完全的：他只提出構想、大綱、觀點。人們會因爲他把不完全性當成美德而激怒，就像在《S／Z》中那樣，其中

關於代碼的進一步研究，事實上會加強一種巴特式的分析。在後期的作品中，他不喜歡系統，這肯定是對權威的抗拒，但也可以被解釋爲利己主義的自滿自足——他把慵懶解釋爲對權威的反抗，這似乎導致他遵循了自己的勸告：「要敢於慵懶」。

第三，巴特的寫作越來越促進著一種像神話似的有力東西，即「免除意義的神話」。他在《巴特自述》中寫道：「他顯然在夢想著一個會免除意義的世界（有如人免除兵役）。這種想法是從《寫作的零度》開始的，這本書想像著『每一記號的不在』；結果，隨此夢想而產生了成千上百個段言（關於前衛派本文、音樂、日本、亞歷山大里亞格詩歌的，等等）」（第九〇／八七頁）永遠存在的不是無意義的夢想，而是具有空意義的形式。作爲一種批評概念，這有一種策略作用，但在巴特後來的作品中，他把那些東西（這些東西易於被當作對完全倒退的前符號學概念的重新肯定）表現爲一種違抗。他主張，照片要如實再現存在著的東西：他回憶起一張奴隸的照片，在照片上，「奴役無中介地被呈現，事實無需方法就被確立了。」（第一二五／八〇頁）。這正是在《神話學》中分析過的另一張照片的託辭，那就是黑人士兵向法國國旗行禮的照片，巴特很快地消除了它的無中介再現的虛妄，並輕易地證明了照片已被插入法國文化的意識形態系統之中段。

巴特覺得這裡存在著一個問題。「免除意義」的片段繼續存在著，「奇怪的是在公共意見中，正好應當有這樣一類的夢想；信念對意義也無偏愛……它以具體性抵制意義的侵入（知識分子對此負責）；具體性即被假定爲抵制意義者」。但也許這也不那麼奇怪，在兩種情況下，它也許都是完全相同的神話，儘管當巴特的著作螺旋式地返回時，它獲得了意味深長的表現。巴特認爲他並非在重複這個神話：他並未尋求一種先於意義的條件，而是在想像一種超出意義的條件（一種在意義之後的東西）：「人們必須穿

越整個意義，像是穿過入族儀式的整個過程似的，以便能削弱和
免除意義。」在他大多數關於文學的寫作中，這種區別都很顯著，
但當他轉向攝影時，他並未去想像意義的空無化或文化代碼的干
擾性，而是說：在意義之前它們就在那兒。他反駁一切最令人信
服的意義研究，重新肯定他曾教我們去抵制的那種有力的神話。
雖然我們也許不應驚詫，但是，告訴我們不可能逃避意義的這個
符號學家，卻日益傾向於去尋找避開文化代碼的某個自然點。

在許多重新出現的事物中，也包括了十九世紀的傳統文學，
但它重現的位置有了改變。巴特最早曾是實驗派文學的擁護者(福
樓拜、卡繆、羅伯-格里葉)，但是，那種輕鬆自在、充滿智慧的
文學又重新成爲他的第一愛好和在法蘭西學院授課的主要課題，
他曾因這種文學未能實驗語言或未能對它所依賴的代碼採取批評
立場而加以批斥。他的整個構想甚至可被看作是擺脫學院派對十
九世紀文學的控制的迂迴方式。於是，這種文學就會被重新關注，
但不是作爲知識或研究的對象，而是作爲歡悅的對象，作爲樸實
無華的進行違抗的源泉。《S／Z》和《本文的歡悅》把前衛派文學
當作模型，從而發展了一種閱讀的實踐，它可揭示巴爾扎克、夏
多布里昂、普魯斯特的過度表現、複雜技巧和顛覆策略。《戀人絮
語》使感傷性和已不流行的維特話語成爲當代人關心的對象。這
種成就不可低估，而之所以有這樣的成就就是由於巴特提供了在擺
脫傳統批評對文學的控制時所使用的那種理論論證。在《就職講
演》中，有一段頗富說服力的話值得將法文原文引述如下❹，它
說明道：

　　　舊價值不再傳承，不再流通，不再引人注意；文學
　已非神聖化了，文學機構無力爲文學辯護，並強行使它
　成為人類生活的潛在楷模。並不是說文學被消滅了，而

是說它不再被保護了：因此現在正是走向文學的對候。
文學符號學似乎正是那種使我們達到一片無人繼承的自
由土地的旅行；在那兒，天使和巨龍不再保護它。我們
的目光不無顛倒地落在某些古老可愛的事物上，這些事
物的所指是抽象的、不合時宜的。這既是一個頹廢的時
代，又是一個預言的時代，一個溫和的啟示錄的時代，
一個獲得最大可能歡悅的歷史時代。（第四七五～四七
六頁）

　　不是單一的活動，而是巴特一系列性質各異的構想，才能使
人們理解這樣一個非常奇特的現象，即曾經備受輕視的東西現在
重又出現，也只有這些性質各異的寫作才創造了歡悅、理解和不
斷更新的可能性。

註　釋

❶特別有興趣的是〈藝術的智慧〉這篇為「特翁布里的油畫和素描──一九五四～一九七七」畫展寫的目錄序言，這次畫展於一九七九年在紐約惠特尼美國藝術博物館舉行；以及〈布里阿・薩瓦林的講演〉這篇為薩瓦林《趣味生理學》（巴黎赫爾曼公司，一九七五年）再版寫的序言。

❷關於這個問題的討論，參見拙著《論解構》第一章

❸安奈特・拉威爾斯：《羅蘭・巴特：結構主義及其之後》，哈佛大學出版社，一九八二年，第二〇七～二〇九頁。

❹中譯本只譯出這段法文引文的英譯。──譯者

附錄一

寫作本身：論羅蘭‧巴特❶

蘇珊‧桑塔格

　　教師、文學家、道德家、文化哲學家、急進觀念的鑑賞家、多才多藝的自傳家……在二次大戰後從法國湧現的所有思想界的大師中，我敢絕對肯定地說，羅蘭‧巴特將是使其著作永世長存的一位。正當巴特處於三十年來著述不絕的人生鼎盛之際，一九八〇年初當他穿過巴黎一條街道時竟被一輛貨車撞倒致死，惡耗傳來，友人和敬慕者無不爲其盛年早逝感到悲痛。但是人們在悲痛回顧的同時也認識到，他那卷帙浩繁、主題隨時改變的著作集，正像一切重要的成果一樣，具有一種回溯的完整性。巴特本人研究工作的發展，現在看來是合乎邏輯的，甚至於還是相當完整的。它甚至於以同一課題開始和結束，這就是在人的意識經歷中運用的典型手段——作者的日記。結果，巴特平生發表過的第一篇文章，對他在紀德的〈日記〉中發現的那種典型的意識加以讚揚，而在他死前發表的最後一部作品則表現了他對自己日記活動的沈思。這種對稱性儘管屬於巧合，卻很恰如其分，因爲巴特的寫作雖然涉及萬千主題，歸根結底不過是一個大主題：寫作本身。

　　他早先的主題是一位自由派作家的立場，表現在文化新聞、文學討論、戲劇與書籍評論等各領域。此外還應加上來自和流傳於討論班和講壇上的一些論題，因爲巴特的文學經歷還伴隨著一

種（十分成功的）學術界的經歷，而且從某一方面來說它就是一
種學術界的經歷。可是他的聲音永遠是獨特的和自我關涉的（self
referring），其成就屬於另外一個更高的量級，甚至高於以驚人的
敏識去實踐無比活躍的多學科探討時所可能達到的程度。儘管他
對有關記號和結構主義的這門未來可能成立的學科有過突出貢
獻，他一生活動的精華所在仍然是文學的：一位作家，在一系列
學術活動的支持下，組織著有關他自身心靈的理論。當他目前以
符號學和結構主義爲標誌的名聲界域（如其必然會的那樣）瓦解
之時，我想巴特將表現爲一位相當傳統的孤獨的漫步者
（promeneur solitaire），一位甚至比他狂熱的崇拜者現在所承
認的更爲偉大的作家。

　　他總是大量寫作，總是全神貫注、熱情洋溢，而又不知疲倦。
這種令人目眩的創新精神似乎不只是由於巴特作爲一個才智之
士，作爲一個作家所具有的異乎尋常的精力。這種創新精神似乎
包含著一種近乎「立場」的東西，這是一切判批性的話語必定具
有的。他在發表於一九五三年的第一部書《寫作的零度》中說道：
「文學有如磷光體，它在將要熄滅之際才閃爍出最大的光輝。」
在巴特看來，文學已經是一種「身後之業」了。他的著作肯定了
一種強烈光輝的規範，它甚至就是這樣一個文化時代的理想，即
是這個時代認爲自己（在多種意義上）將要完成自己最後的表白
了。

　　撇開其才華橫溢不談，巴特的作品包含著和近代人類文化風
格有聯繫的一些特徵，這個時代假定著在自己之前存在有無窮無
盡的話語，假定著理智活動的精緻化：正是著作本身喜歡緊湊的
陳述，它極其不願意令人生厭或平淡無味，也正是寫作迅速地覆
蓋著大片的領域。巴特是一位富有靈感的、有獨創性的文章和「反

文章」的從業者，他拒絕長篇大論的形式。他的語句通常是複合式的，受逗號支配並愛用分號，其中塞滿了措詞緊密的思想意蘊，這些思想觀念被舖陳得像一種流暢的散文材料。這是一種論說風格。明確可辨的法文，其明顯的傳統可在兩次大戰之間發表於《新法國評論》（*NRF*）上的那些措詞緊密、風格獨特的文章中找到。*NRF*雜誌社語言風格的典型形式，可在每一頁上傳達較多的觀念而保持著那種風格的活力和鮮明的音色。巴特運用的語彙數量甚大，相當講究，而又毫無忌諱地精雕細琢。就連他那些不那麼機敏的、充斥著術語行話的作品（大部份發表於一九六〇年以後），也都充滿著韻味。他總是設法大量運用生僻新穎的詞語，他的散文雖然才氣縱橫，卻始終在追求著表達的簡潔性，因此往往情不自禁地是格言式的（我們甚至可以通讀巴特的作品，抽引出各種絕妙的字句——警語與格言，把它們匯集成一本小書，正像人們對王爾德和普魯斯特的作品所做過的那樣）。作為一位格言家的巴特的力量在於，在開始進行任何理論論述之前，他已顯示了對結構理解的天賦敏感性。作為一種借助於正相對立的詞語進行壓縮表達的方法，箴言或格言必顯示出情境或觀念的對稱性和互補性，後者設計了前者的形態。一位善於進行格言表達的天才，對素描比對油畫顯然更敏感，格言天賦是可被稱作形式主義氣質的東西的表徵之一。

形式主義的氣質正是許多在知識超飽和時代進行思索的才智之士共同具有的一種敏感性。比較一般地顯示這種敏感性特點的東西，就是它對趣味標準的依賴以及它對任何不具有主觀性標記看法的公然拒絕。雖然它肯定是斷言性的，但它堅持認為自己的論述只不過具有臨時的效力（如果換一種做法就會變成……壞的趣味）。甚至於連深富這種敏感性的人通常也決心反覆申述自己

作為業餘愛好者的身分。一九七五年巴特對一位採訪者說：「在
語言學領域內我只不過是一位業餘愛好者。」巴特在自己晚期的
著作中不斷否認人們強加於他的體系建立者、權威、導師、專家
等等似是而非的庸俗稱號，以便為自己保留享受歡娛的特權和自
由。對巴特來說，趣味的運用通常就意味著去稱讚。他選擇這樣
一種角色，就意味著他暗中承擔了發現不熟悉的新事物以便加以
稱讚的責任（這就需要與通行的趣味適當的相左才成），或者是以
不同的方式去對一件熟悉的作品加以讚揚。

　　他的第二部書就是較早的一個例子，這部書發表於一九五四
年，是關於法國歷史學家米歇萊（Michelet）的。透過列舉在這
位十九世紀的大史學家史詩般的記敍文中反覆出現的隱喻和主
題，巴特揭示出一種更內在的敍事活動：米歇萊自身的歷史和「往
昔人物的抒情式的復活」。巴特永遠追求另一種意義，一種更反常
（往往是烏托邦式的）的話語。他最喜歡指出平淡無味的和反動
的作品中所包含的特異性和破壞性，透過高度的想像力投射去顯
示對立的一極。例如在他論述沙特的文章中指出，在譫妄的理性
中實際起作用的是一種感性理想；在論述傅立葉的文章中指出，
在感性的譫妄中實際起作用的是一種唯理主義的理想。當巴特提
出某種引起爭辯的見解時，他的確扮演著影響文學準則的主要角
色。一九六○年他寫了一本有關萊辛的小冊子，這本書使學院派
批評家大感憤慨（隨後開始的爭論以巴特對其誹謗者的完全勝利
結束），他還寫過有關普魯斯特和福樓拜的文章。但是更通常的情
況是，巴特以他的基本上是對抗性的「本文」（text）概念為工具，
將其才智用於這個含糊不清的文學主題，一件不重要的作品（比
如說，巴爾扎克的《薩拉辛》、夏多布里昂的《蘭西的一生》）可
以成為一傑出的「本文」。對巴特來說，把某種東西看成一個「本

文」，正意味著去中止通常的評價（在重要文學與次要文學之間加以區別）而推翻現有的分類方法（體裁的區分，藝術門類的區別）。

雖然每種形式和價值的作品在「本文」的大民主之中都有公民身分，批評家仍傾向於避開一般人所接觸的本文和所瞭解的意義。現代文學批評中的形式主義派（從其最初階段，如史克洛夫斯基的疏異化主張以來）就是這樣進行敎誨的。它責成批評家拋棄陳俗的意義，選擇新鮮的意義；它是一種責成搜尋新意義的訓令：令我吃驚（Etonne-moi）。

巴特的「本文」和「本文性」（textuality）概念也提出了同樣的訓令。它們把有關結尾開放與多義性的文學現代主義觀念，輸入了文學批評之中，從而使批評家正如現代派文學創作者一樣成爲意義的發明者（巴特斷言，文學的目的是把「意義」，而不是把「某種意義」放入世界中來）。決定批評的目的在於改變和調整意義（使其增減或倍增），實際上就是使批評家的努力以一種迴避性活動爲基礎，從而使批評（如果它能存在下來的話）重新以趣味爲主導。因爲，歸根結底正是趣味的運用可識別熟悉的意義，正是趣味的意識形態使熟悉的東西變成粗俗和廉價的。因此，巴特的最明確的形式主義，即他認爲批評家應當重新構造的不是一部作品的「信息」（message），而只是其「系統」（即其形式和結構）的這種主張，或許最好被理解作對明顯成分具有解放作用的迴避，以及理解作一種良好趣味的重要表徵。

對現代主義的（即形式主義的）批評家而言，其既定評價的作品業已存在。那麼此外還有什麼可說的呢？偉大作品的標準已經確定了，我們還能爲它增添或恢復些什麼呢？「信息」已被理解或已過時，我們不必再關心它了。

在巴特爲自己選擇論題（他具有極其流暢的、靈巧的概括能

力）時所擁有的衆多手段之中，最重要的就是他作爲格言家召喚
出一個生動的二元體的本領：任何事物都可以或者分裂爲自身和
其對立物，或者分裂爲兩種自身，於是其中一項就與另外一項相
對而產生了一種出乎意外的新關係。他說道，伏爾泰的旅行的眞
意是：「顯示一種不動性」；波特萊爾：「不得不保護戲劇性免受
劇院之害」；波菲爾鐵塔：「使城市變爲一種大自然」等等。巴特
的寫作充滿了這類顯然是矛盾的、警句式的表達，其目的在於進
行某種概述。格言式思想的本性正在於永遠處於一種進行總結的
狀態，表示最後意見的企圖是一切有力的造句法所固有的。

　　巴特所展示的分類法卻不那麼精緻，甚至追求一種僵化的明
晰性，但作爲一種論述的工具則相當有力，進行分類的目的是使
自己捲入一場爭論，把要討論的問題分割爲兩個、三個，甚至四
個部分。論證往往以下述宣稱開始，如敍事單元有兩個主類和兩
個子類、神話以兩種方式有助於歷史研究、拉辛式的愛情有兩個
側面、有兩種音樂、有兩種閱讀羅舍弗考爾德作品的方法、有兩
類作家、對攝影有兩種興趣等等，一位作家有三種修改作品的類
型、拉辛作品中有三個地中海和三個悲劇地點、有三個理解《百
科全書》插圖的層次、在日本木偶戲中的場景有三個領域和三種
姿勢、有三種說話和寫作的態度，它們相當於三種使命；作家、
知識分子和敎師，以及有四種讀者，有四種記日記的理由，如此
等等。

　　這是法國思想論述中故弄姿態的撰述風格，是法國人有欠準
確地稱作笛卡兒式的修辭學策略的一個部分。雖然巴特運用的一
些分類法是標準型的，如符號學的典型三元體──意符、意指和
符號，但很多分類法都是他爲了進行論爭而發明的。這正如他在
晚近一本書《本文的喜悅》中所說，現代藝術家企圖摧毀藝術「其

努力具有三種形式」。這種嚴格分類的目的不只是去勾勒一幅思想地圖，巴特的符號學從來不是靜態的。其目的往往在於使一個類去破壞另一個類，就如他對攝影感興趣的兩種形式（他稱作「斑點」和「描像器」）那樣。巴特提出分類法以使問題保持開放，為未編碼的、被迷惑的、難處置的、戲劇性的東西保留地盤。他喜歡標新立異的分類法和過細的分類法（如傅立葉的分類），而且他對精神生活所做的大膽的身體性的隱喻，強調的不是形態分佈而是變換。正如一切格言家都慣於用誇張修辭法一樣，巴特收集了戲劇中，往往是色情劇或粗野的情節劇中的一些觀念。他談到意義的顫抖、抖動或震顫，談到意義自身的顫動、聚集、鬆散、分散、加速、發光、折疊、沈默、延擱、滑動、分離、施加壓力、碎裂、斷裂、分裂、被粉碎等等。巴特提出了某種類似於思維詩學的東西，它使主題的意義與意義的流動性，與意識自身的運動學等同了，並使批評家被解放為一名藝術家。在巴特的想像中，二元式和三元式思維術的運用永遠是暫時的、可予修改、變動、壓縮的。

　　作為一名作家，他偏愛簡短的形式，並曾計畫開設一個專門研究這個問題的討論班。他特別喜歡極短的形式，像日本俳句和語錄體。而且正像一切真正的作家一樣，使他入迷的正是「細節」（他的用語）——經驗的簡短形式。甚至作為一名散文家，巴特大多數情況下也只寫簡短的文章，他所寫的書籍往往是短文的集合，而不是「真正的」書，是一個個問題的敘述而不是統一的論證。例如他的《米歇萊》一書就列舉了這位史學家的各種主題，使它們與從米歇萊豐富多彩的著作中摘出的大量簡短的片段相配合。使用語錄體進行見聞記敘式論證的最嚴格的例子是《S／Z》，這本出版於一九七〇年的書是他對巴爾扎克的《薩拉辛》所作的

典型註釋。他總是從展示其他人的本文過渡到展示他自己的思想。在收入有關米歇萊一書的同一套大作家叢書（《千古名家叢書》）中，最終他在一九七五年把有關自己的一本也列入了，這就是這套叢書裡那本眨眼的怪作：巴特本人寫的《羅蘭・巴特》。巴特晚期幾本書的高速編寫既表現了他的多產性(不饜足和輕率)，又表現了他想破壞任何建立系統的傾向。

針對系統論述家的敵意，一個多世紀以來一直是良好思想趣味的一個特徵。祁克果、尼朵、維根斯坦就屬於這樣一群人，他們都斥責系統的荒謬，這類議論的獨特性儘管超凡不俗，但其論點卻令人受不了。蔑視系統的現代形式是反對法則、反對權力本身的一個特徵。較早和較溫和的對系統的反對表現在從蒙田到紀德的法國懷疑主義傳統中，這些作家都是他們自身意識的品味家，他們都要貶低「系統的硬化症」，巴特在自己論述紀德的第一篇文章中使用了這個詞。在拒絕系統性的同時逐漸發展了一門突出的現代文體學，其始源可至少上——至斯太恩和德國浪漫主義作家：這就是反直線敍事形式的發明，在小說中取消了「故事」，在非小說類著作中放棄了直線性論述。對產生一種連續系統的論述的不可能性（或無關聯性）的假定，導致改變一些長篇幅的著作形式（論文和厚書）和重新構造小說、自傳和散文等樣式。巴特是這種文體學的特別富有創新性的實踐者。

浪漫主義的感覺傾向在每本書中都可察覺到一種第一人稱的表演，於是寫作就是一種戲劇化的行爲，可對其施以戲劇化的加工。其中有一種策略是使用多種假名，祁克果就是這樣做的，這樣就隱藏了和增多了作者的形象，例如自傳型的作品總要對不情願用第一人稱說話表白一番。《羅蘭・巴特》一書的習慣用法之一是，自傳作者有時稱自己爲「我」，有時又稱自己爲「他」。巴特

在寫自己的這本書的第一頁上宣稱，全書內容「應看作是由一部小說中的角色在講述」。在表演（performance）這個基本範疇內，不僅自傳和小說之間的界限，而且散文和小說之間的界限都模糊不清了。他在《羅蘭・巴特》中說：「讓散文表明自己類似於小說吧！」寫作表現了新形式的對戲劇性的自我關涉的強調：寫作成為強迫去寫和拒絕去寫的記錄（把這種觀點進一步加以引申，寫作本身就成為作家的主題了）。

為了達到一種理想的分散性佈局和一種理想的集中性佈局，有兩種寫作的策略被廣泛地使用著。一種是全部或部分地取消通常的話語區分或分割，如章節、段落，甚至標點，即一切被看成是從形式上妨礙作家的聲音連續產生的東西，許多寫哲理小說的作家如布洛赫、喬埃斯、斯泰因、貝克特等都喜用這種不分段的寫作方法；另一種策略正相反，即增加切分話語的方式，發明分割話語的新方式。喬埃斯和斯泰因也使用這種方法；史克洛夫斯基在其二〇年代以來發表的佳作中用單句段的方式寫作。由單句段方法產生的這種多種的開端和收尾可使話語具有盡可能地分化和多音性的特點。在說明性話語中其最普通的形式是：短的、一兩段的話語單元為空白處隔開。「論……」（Notes on……）是常用的文學標題，巴特在自己論紀德的文章中即用此形式，在後來的作品中也常常再用這種形式。他的很多寫作都採取中斷手法，有時其形式是在引用的原作選段後交替插入分離性的評述，如《米歇萊》和《S／Z》就是如此。用片段或「短文」的形式寫作產生了新的連載式的（而非直線式的）文章佈局。這些片段可以任意加以呈現。例如，可以給各片段加上序號，維根斯坦十分精於這種方法。又有可以給各片段加上嘲諷性的或突出強調的標題，巴特在《羅蘭・巴特》一書中就採取這種寫作策略。標題可以

增添某種可能性，如可按字母順序排列各組成部分以進一步突出
序列的任意性，《戀人絮語》（一九七七年）一書就使用這種方法，
此書的實際標題引起有關片段性的聯想，即它是一段愛情話語的
片段。

　　巴特後期的寫作屬於他在形式上進行最大膽的嘗試之列：一
切主要作品都以連載的而非直線的形式組織起來。純粹的文章寫
作保留給了文學的蟄行（如序言之作，巴特寫過不少）或新聞式
的即興之作。然而晚期寫作中這些表現力甚強的形式只是揭示了
他的一切作品中暗含著的一種慾望：巴特渴望對斷言性表達具有
一種優先性關係，這就是藝術具有的快樂性。這種寫作的理解排
除了對矛盾的恐懼（用王爾德的話說：「藝術中的真理表明，真
理的對立面也是真理。」）因此巴特不斷把教授比作表演，把閱讀
比作色情感受，把寫作比作勾引。他的聲音越來越富個人色彩，
越來越充滿了「個人氣質」（grain），如他自己所說的那樣。他的
思想藝術越來越明顯地成為一種表演，正像許多其他偉大的反系
統論家一樣。但是尼采用許多不同的腔調對讀者高談闊論，往往
咄咄逼人──狂喜、訓斥、誘哄、激怒、嘲弄、拉攏；而巴特卻
總是用彬彬有禮的溫和姿態來表演。沒有粗暴的、預言家般的自
詡，不和讀者爭辯，不企圖不被理解。這是演戲似的引誘，絕不
是侵犯。巴特的全部作品都是對戲劇性和遊戲性的一種探索，是
以各種巧妙的方式邀請人們品味風韻，邀請讀者以歡悅的（而非
獨斷的或輕信的）態度對待思想。無論對巴特還是對尼采來說，
其目的都不在於給予我們特別的指教，而在於使我們勇敢、敏識、
智慧、超脫，而且在於給我們以愉悅。

　　寫作是巴特的永恆事業。或許自福樓拜（在其書信集中）以
來沒有任何人像巴特這樣才華洋溢和感情充沛地思考過究竟何為

寫作。他的許多著作都致力於描繪作家的天職：從早期收在《神話學》中的有關作爲被他人注視的作家的揭露性研究，如〈休假中的作家〉一文，到後來更熱心的論作家寫作的文章，即那些作爲英雄和殉道者的作家，如〈福樓拜和句子〉一文，它寫了作家的「風格的苦惱」。巴特那些論作家的傑出文章應當看作是他爲作家職責所作的各種形式的重要辯解。儘管他充分尊重福樓拜設定的具有自責味道的誠實標準，他卻敢於把寫作想像爲一種快樂，他論伏爾泰的文章（「最後的快樂作家」）和對傅立葉的描繪的要點就是如此，這兩位作家都不曾爲惡的意識所折磨。在他的晚期著作中他更直接地談論了他自己的實踐、顧慮和狂熱。

巴特把寫作解釋成一種在觀念表達上複雜的意識形式，其方式旣是被動的又是主動的，旣是社會性的又是非社會性的，旣是呈現個人生活又是不呈現個人生活的。他的作家職責觀排除了福樓拜認爲是不可避免的那種隔絕性，巴特似乎否認在作家必然具有的內在性與其名利快感之間有任何衝突。可以說，福樓拜的觀念爲紀德有力地修正了，後者具有素養更高、非刻意追求精確感，對排除狂熱更爲執著和處置有術。的確，巴特在自己的全部寫作中所勾勒的那幅自畫像（作爲作家自我的肖像），已充分潛存於他論述紀德「自我主義」的《日記》的第一篇文章中了。紀德提供給巴特一個高貴的作家範型：無所不適、不拘一格、從不喋喋不休或牢騷滿腹、旣胸懷祖蕩……而又適度地以自我爲中心，不會多受別人意見影響。他指出，紀德如何很少由於廣泛閱讀而改變自己（「如此徹底的孤芳自賞」），他的「發現」如何絕不會導致「自我否定」。而且他讚揚瀰漫於紀德內心的猶豫不決，注意到紀德「處於各種相互抵觸的思潮的交會口，決然沒有輕易應付之策……」。於是巴特也同意紀德這樣的看法：寫作是稍縱即逝的，它

應甘於渺小。他對政治的態度也與紀德類似：在意識形態充分活躍的時代願意去採取正確的立場，具有政治性，但最終又不具有；或許這就意味著，說出任何其他人很難說出的眞理（參見巴特一九七四年中國之行後所寫的短文）。巴特與紀德頗多相似之處，他對紀德的許多論述都可不加改變地用於他自己。值得人們注意的是，在他開始自己的文學生涯之前一切已安排就緒（包括他那「永遠自我更正」的計畫）。（當他於一九四二年爲學生結核療養院刊物撰寫這篇文章時，正在療養院中修養的他，時年二十七歲，以後五年間，他也尚未進入巴黎文學界）。

當巴特在紀德的心理和道德思想影響下開始經常寫作時，紀德的重要作品已成過去，其影響已微乎其微（他死於一九五二年）。而且巴特披戴上戰後有關文學責任辯論的盔甲，這個詞是由沙特提出的，它要求作家接受一種戰鬥性的道德態度，沙特把這種態度同語反覆似地稱作「道德承諾」（commitment）。當然，紀德和沙特是本世紀法國兩位最有影響的道德主義作家，這兩位法蘭西新教文化之子的作品卻提出了相反的道德和美學的選擇。但正是這種兩極化傾向，作爲另一位反叛新教道德主義的新教徒巴特要想加以避免。巴特儘管是一位溫和的紀德派，卻也熱情地接受沙特的模式。雖然他與沙特文學觀的爭辯潛存於他的第一部書《寫作的零度》之中（書中並未提及沙特的名字），他與沙特想像觀的一致以及這種一致性的熱情卻浮泛於巴特的最後一本書《描像器》中（「獻給」作爲《想像》一書作者的早期沙特）。即使在其第一本書中，巴特也接受了不少沙特有關文學和語言的觀點，例如把詩歌與其它「藝術」比較，把文學等同於散文和論辯。巴特的文學觀在他後來的寫作中越變越複雜了。雖然他從來未曾討論過詩歌，他的文學標準卻接近詩人的標準：語言經受了劇變，

從其無用的環境中被移位、被解放了，語言可以說自存自在了。雖然巴特同意沙特的看法，認爲作家的職責包含著一種倫理的律令，他卻堅持說其性質相當複雜和含混不清。沙特所要求的是目的的道德性，巴特所乞靈的是「形式的道德性」，這就是說那種使文學成爲一個問題而非一種解決的東西，使文學成其爲文學的東西。

　　然而，把文學設想爲成功的「交流」和立場的選擇，卻不可避免地成爲一種隨遇而安的觀點。在沙特的《什麼是文學？》（一九四八年）一書中闡述的工具性文學觀，使文學變成一種永遠不合時宜的東西，一種在優秀的倫理鬥士和唯藝術論者（即現代派作家）之間徒勞無益的（不恰當的）鬥爭（可將這種文學觀中潛在的庸俗氣味與沙特關於視覺形象不得不說的那些看法中所包含的敏識與銳見相對照）。沙特結果被對文學的熱愛（他在自己的傑作《詞語》中描述過這種愛）和傳道士般地對文學的輕蔑扯得四分五裂，這位本世紀偉大的文士之一的晚年是在用貧瘠的觀念痛責文學和自己之中度過的，他所用的觀念就是「文學的神經症」。他所宣揚的爲道德承諾而進行自我設計的作家觀，已不再使人信服了。沙特因此被指責爲把文學歸結成了政治，對此他辯解說，不如更準確地指責他高估了文學。一九六〇年在接受訪問時他宣稱，「如果文學不是重要事物，就不值得一個人花上個把小時去操心它了」。「這就是我用『承諾』一詞時的意思」。但是沙特把文學誇張爲「重要事物」，這表明了對文學的另外一種方式的蔑視。

　　人們也可責備巴特過份重視文學，責備他把文學當成了「重要事物」，但他至少提供了這樣去做的一個良好的實例。因爲巴特理解（而沙特卻不理解）文學歸根結底只是語言。正是語言成爲重要事物。這就是說，一切現實都以語言的形式呈現出來，這是

詩人的銳見，也是結構主義者的敏識。而且巴特把他所謂的「對寫作徹底的探索」視作當然之理（而把寫作當作交流的沙特卻不這樣看）。馬拉美、喬埃斯、普魯斯特和他們的繼承者都從事過這種探索。沒有任何大膽的嘗試是有價值的，除非可以把它看作一種徹底的態度，這種徹底性將與任何明確的內容脫離，或許這就是我們所說的現代主義的實質。巴特在如下意義上也屬於現代主義的精神，即後者認為必須承認相反的立場。按現代主義標準看待的文學，但不一定是一種現代主義的文學的。寧可說，一切種類的相反立場均可接受。

沙特和巴特之間最顯著的區別或許是氣質上的深刻差異。沙特具有一種理智上專斷而又天眞的世界觀，這種世界觀渴望的是簡單、決斷、一目了然。巴特的世界觀則是無可改變地複雜、自我專注、典雅、不求決斷。沙特熱切地、過於熱切地尋求對決，他的偉大一生的悲劇，他運用自己巨大才智的悲劇，正在於他使自身單純化的意願。巴特則寧可避免對決和躲避極端化。他把作家定義作「站在一切其他話語文匯點上的觀望者」，這正好是行動者或傳播教訓者的形象的對立面。

巴特的文學理想境界具有與沙特幾乎正相對立的倫理性格。它產生於他在慾望和閱讀，慾望和寫作之間所建立的聯繫之中，這就是說他堅持認為，他自己的寫作比任何其它的東西更加是慾望的產物。「快樂」、「喜悅」、「欣喜」等詞語不斷出現於他的著作中，具有一種力量，使人想起了紀德，它們既具有感官的誘力又富於破壞性。正像一位道德家（清教徒的或反清教徒的）會一本正經地區分性生殖與性快樂一樣，巴特也把作家分為兩類，一類是寫重要事物的人（沙特所說的作家），別一類是不寫什麼重要事物而只是去寫的人，後者才是眞正的作家。巴特認為動詞「寫」

（write）的不及物涵義不僅是作家幸福的源泉，也是自由的模式。在巴特看來，不是寫作對自身以外事物（對社會的或道德的目標）的承諾使文學成爲一種對立和破壞的工具，而是寫作本身的某種實踐，這就是過渡的、遊戲的、複雜的、精緻的、感官性的語言，它絕不能成爲力量的語言。

　　巴特對作爲無用而自由之活動的寫作的讚揚，在某種意義上就是一種政治觀。他把文學看作一種對個人表白權利的永久更新，而一切權利最終都是政治性的。不過巴特對政治仍然採取一種躲躲閃閃的態度，而且他是現代重要的拒絕歷史的人物之一。巴特是在二次大戰災難的後果中開始發表作品和漸有影響的，但令人驚訝的是，對此他從不提及，甚至在他的一切作品中，就我記憶所及，他從未說過「戰爭」這個詞。從最好的意思上說，巴特理解政治問題的平和態度馴化了政治。他絕對沒有瓦爾特‧班傑明一類的悲劇意識，後者認爲文明的每一業績也是野蠻的一項業績。班傑明的倫理重負乃是一種殉道精神，他總情不自禁地要使它與政治掛鉤。巴特則把政治看作對人類（和思想）主題的一種壓抑，對此必須以智克之。在《羅蘭‧巴特》一書中，他宣稱自己喜歡「輕鬆信奉的」政治立場。所以他或許從未被那種對班傑明來說以及對一切眞正現代主義來說十分重要的計畫左右過，這就是去探索「現代」的本性。巴特未曾被現代性的災難所折磨或被其革命性的幻想所誘惑過，他具有一種後悲劇時代的感覺。他把現前的文學時代稱作是「一個從容啓示的時代」，能夠說出這種語句的作家眞是幸福呀！

　　巴特的很多著作都呈現出快樂的面面觀，他在論述布里阿——薩瓦林：〈關於趣味的生理學〉的文章中把這種快樂稱作「慾望的偉大歷險」。他從自己所研究的每件事物中收集一快樂的型

式，把思想實踐本身比作情慾行為。巴特把心靈的生命稱作慾望，並熱心維護「慾望的多樣性」。意義絕不是「一夫一妻制」的。他的愉快的智慧或快樂科學提出了有關一種自由而寬廣的、心滿意足的意識的理想；提出了有一種生存條件的理想，在這種條件下無需抉擇於善與惡及眞與僞之間，在這種條件下不一定要去辨別是非。吸引著巴特的文本和活動，往往是那些他可以從其中讀到反抗這類對立的東西。這就是巴特為何把作為一個研究領域的時裝解釋為色情的緣故，在色情中不存在對立物（「時裝尋求等價性、適當性，而不是眞實性」），在這裡人們可以使自己獲得滿足；在這裡意義（以及快樂）十分豐富。

為了這樣來解釋，巴特需要一種主導性的範疇，使一切事物都可透過這個範疇來間接地加以測定，這個範疇可以導致最大量的思想活動。包容最廣的範疇是語言，最廣義的語言就是意義形式本身。因此，《時裝系統》（一九六七年）一書的主題不是時裝，而是關於時裝的語言。當然，巴特認為，關於時裝的語言亦是時裝的一部分，他在一次採訪中說：「時裝只存在於有關它的話語中。」這種假定（神話是一種語言，時裝也是一種語言）成為當代思想活動的一種主導的、往往是具有還原論的常規。在巴特的著作裡這種假定較少具有還原論味道，而具有較多的擴散性，這就是對於作為藝術家的批評家來說因過於豐富而產生的困擾。去規定語言之外不存在理解，就是去斷言處處都有意義。

巴特透過擴大意義的範圍使這個概念具有至高無上的地位，以便達到這樣一種自鳴得意的矛盾性，即空的主題反而無所不包，空的記號可賦予其一切意義。巴特按照這種意義可擴大繁衍的欣快性（euphoric）認識，把作為「紀念碑的零度」的艾菲爾鐵塔理解作「意指一切」（引號為巴特所加）的「純（實即空的）

記號」(巴特的矛盾論證法的特點在於爲不受功用性的約束的主題
作辯護：正是艾菲爾鐵塔的無用性使它作爲一個記號來說無限地
有用，正如眞正的文學的無用性也就是它在道德上有用的原因一
樣)。巴特在日本找到了一個具有這種解放作用的意義欠缺的世
界，它旣是現代化主義的又是非西方的，他指出，日本充滿了空
的記號。巴特提出了一種互補性的對立觀來取代道德主義的對立
——眞僞對立和善惡對立。在五〇年代有關神話的一篇文章中他
寫道：「它的形式是空的，但存在，它的意義欠缺，但充實。」
有關許多主題的論證都具有這種同一性的頂點：不在即存，空即
實，無個性即個性的最高實現。

　　正如宗敎理解包含的那種令人愉悅的味道一樣（它可在最平
常而又無意味的事物裡瞥見豐富的意義，它可用最欠缺意義的事
物來充作意義最豐富的載者)，巴特著作中才華橫溢的描述也顯
示著理解的一種迷醉般的經驗。而這種迷醉狀態（無論是宗敎的、
美學的還是性的）永遠是用空與實、零態與最大的充盈等各種隱
喻來表示的，二者旣相互交替又彼此等價。把主題轉換爲關於主
題的話語這個過程本身也和如下的步驟相同：使主題空無以便再
使其充實，正是一種理解的方法在導致迷醉的同時促成了超脫。
而且他的語言觀也支撐了巴特的感受性的兩個方面：索緒爾的理
論（語言是形式而不是實體）在承認意義豐富性的同時，也與一
種對雅緻的、即嚴謹的話語的趣味保持絕妙的一致。巴特的方法
是在透過否定性空間的理智等價程序創造出意義以後，卻從不談
論主題本身：時裝是關於時裝的語言，一個國家（日本）是記號
的帝國」——最終的認可。因爲作爲記號而存在的現實與最大的
禮儀觀念相符：一切意義都被延遲，都是間接的、雅緻的。

　　巴特有關非個性化、嚴謹、雅緻的理想在他對日本文化的欣

賞中得到最優美的說明，即在題為「記號的帝國」（一九七〇年）的書中和論文樂木偶的文章中。〈寫作中的教訓〉這篇文章令人想起克萊斯特的〈論木偶劇院〉一文，它同樣地稱讚憩靜、輕鬆和擺脫掉思想、意義，擺脫掉「意識的無秩序」的優雅。文樂中的木偶正像克萊斯特文章中的木偶一樣，被看作是體現了一種理想的「無為、清明、敏捷、精緻」既寧靜無為又狂放不羈，既空洞無物又深不可測，既無自我意識又極富感官性──巴特從日本文明各個方面中感覺到的這些品質，展現了一種有關趣味和行為的理想，這是一種廣義而言的唯美主義者的理想，自十八世紀末葉唯美派以來就廣泛流傳了。巴特並非頭一位把日本看作唯美主義理想國的西方觀察家，在日本你可以隨處看到唯美觀念，並自由自在地實現個人的唯美觀。在日本文化中唯美主義的目的佔有中心地位，不像在西方被看成反常的，這樣的文化必然引起強烈的反應（一九四二年有關紀德那篇文章中已提到日本）。

在以審美眼光看待世界的各種現存方式中，或許以法國的和日本的方式最意味深長。法國具有一個文學傳統，雖然另加上兩項民俗藝術：烹調與服裝。巴特的確把飲食的主題當作意識形態、當作分類法、當作趣味，他經常談到風味，似乎他也把時裝的主題同樣地加以看待。從波特萊爾到考克多，許多作家都認真看待時裝，而且文學現代意義的奠基人之一馬拉美曾編過一份時裝雜誌。在法國文化中唯美主義理想比在任何其他歐洲文化中都更明顯和更具影響，這種文化能夠在先鋒派藝術觀和時裝觀念之間建立一種聯繫（法國從不接受英美國家認為流行風尚是不嚴肅的看法）。在日本，美學標準似乎充滿了整個文化，早在近代反諷風格開始之前就已如此，這些標準早於十世紀末葉即已形成，如在清少納言的《枕草子》中，這是一種講求精美享受的生活態度

的概略，其寫作方式在我們看來具有令人驚訝的現代分離的形式，如筆記、軼事和列舉。巴特對日本的興趣表現出一種不那麼自以爲是、更爲單純和更爲精緻的唯美主義態度的傾向，這種態度比法國的更空靈、更優美，也更不加掩飾（沒有波特萊爾詩作裡醜中之美一類的形式），它是前啓示性的，細膩而又澄明。

在西方文化中，唯美主義始終表現出兩種或此或彼傾向，唯美態度具有誇張的性格。在較老的一種形式上，唯美主義在趣味上是任性的排它者，這種態度使他可以喜歡、安於、贊同最少量的事物，把事物化歸爲對事物的最瑣細的表達（當趣味表示其增增減減時，喜歡選用有親切味道的形容詞，如在讚揚時用「快樂」、「使開心」、「迷人的」、「悅人的」、「適合的」等詞），優雅與最大的拒絕相當。這種態度轉化爲語言時，在沮喪的諷刺語，在輕蔑的諧句中得到最充分的表現。在另一種形式中，唯美主義者支持的標準使他得以喜歡最大量的事物，攫取新的、非常規的，甚至不合法的快樂源泉。明顯反映這一態度的文學手段是他按字母順序排列的特殊目錄（《羅蘭‧巴特》一書中即包括這種目錄），即怪誕的審美上的重疊作用，它使明顯不同，甚至互不協調的事物與經驗同時並列，運用其技巧使這一切都成爲人工對象和美學對象，在這裡優雅相當於最機智的領受。唯美主義者的姿態搖擺於從不滿足和永遠找尋一種滿足方式，但實際上喜愛一切這二者之間❷。

雖然唯美主義趣味的兩個方向都以超脫爲前提，但排它者的類型更爲冷靜。包容者類型可能是熱情洋溢的，甚至是感情奔放的。用於讚揚的形容詞傾向誇張外露，而不是收斂克制。巴特富有豐富的排它型的唯美趣味，而且更傾向於它的現代的、民主化的形式：審美方面的齊一性，所以他才想在如許多事物裡找到魅

力、愉快、幸福和快樂。例如，他對傅立葉的論述最終即是一種唯美主義者的讚揚。他談到了構成「整個傅立葉」的「瑣碎細節」，巴特寫道：「我為一種語言表達的魅力所吸引、迷惑和折服……傅立葉的文字真是妙語如珠……我抗拒不了這種快樂；它們對我來說似乎是『真的』。」同樣，另一位不必須處處找到快樂的閒蕩者在東京街頭的人潮中可能體驗到的壓抑性，對巴特意味著「量變到質變」，這是一種作為「無窮的快樂源泉」的新關係。

巴特的很多判斷和興趣無疑都是對唯美主義者的標準的肯定。他一些較早的文章為羅伯-格里葉的小說大肆鼓吹，巴特因此獲得了引人誤解的現代派文學擁護者的名聲，實際上那些文章都是一些唯美主義的論辯。「客觀性」、「照字面理解」這些限制性嚴、內涵最少的文學觀念，實際上是巴特對唯美主義者主要論點之一的巧妙的重述：這就是，表面與深處同樣有效。巴特在五〇年代羅伯－格里葉作品中所發現的東西是一位唯美主義派作家高度技巧化的新形式。在羅伯－格里葉身上他所熱情讚許的是「在表面上創立小說」的願望，從而阻止我們「依賴心理學」的願望。認為深刻使人糊塗、具有煽動性的觀念，認為在事物底部沒有人類的本質在活動的看法，以及認為自由存於表層，存於慾望在其上浮動的大玻璃上的看法，就是近代唯美主義立場的主要論點，在過去的一個世紀中它體現於各種形式裡（波特萊爾、王爾德、杜尚、凱支等）。

巴特不斷為反對深層觀，反對認為潛在的、深藏的東西才最真實的觀念進行論證。文樂中的木偶被看成拒絕物質與靈魂，內與外的相互對立。他在《今日神話》（一九五六年）中聲稱，「神話並不隱藏任何東西」。美學的立場不只把深層、隱蔽性等概念看成是故弄玄虛和謊言，而且反對對立觀念本身。當然，談論深層

和表層已經是誤導了唯美主義的美學觀，重複了二元論，如它正好反對的形式與內容的二元論，這一立場的最詳盡的發揮是由尼采完成的，他的著作包含了對固定性對立（善與惡，對與錯，眞與僞）的批評。

但是，尼采雖然嘲諷「深部」概念，卻頌揚「高處」觀。在後尼采的傳統中旣無深度也無高度，只存在各種表面和景象。尼采說，每一種深刻的性質都需要一種面具，並深刻地讚揚了理智的狡獪，但當他說未來的一個世紀，即二十世紀，將是演員的時代時，卻提出了最陰暗的預測。在尼采作品的底層存在著一種嚴肅性和眞誠的理想，這一理想使他的思想與眞正唯美主義者（如王爾德和巴特）的思想之間的重疊成爲可疑的了。尼采是戲劇性的思想家，但不是戲劇性的熱愛者。他對待場景的曖昧態度（歸根結底，他對華格納音樂的批評是：它是一種引誘），他對場景眞實性的堅持，意味著有效的不是戲劇性而是準則。按照唯美主義者的立場，現實和場景的概念正好彼此加強和融和，而且引誘永遠是某種肯定的東西。在這個問題上，巴特的思想具有一種典型的前後一致性。戲劇概念直接而又間接地充滿了他的一切作品（後來他在《羅蘭・巴特》一書中洩漏了祕密，他的作品中沒有一篇「不曾處理某種戲劇，而場景是普遍的範疇，透過它的形式可以看到世界」）。巴特把羅伯-格里葉的空洞的、「選集式的」描述解釋爲一種戲劇性間距化技巧（把一個對象呈現作「似乎它本身只是一個場景」）。時裝當然是戲劇性的另一領域。巴特對攝影的興趣也是如此，他把攝影看作一個有關純粹魂魄的領域。當它在《描像器》中論述攝影時，幾乎看不到任何攝影師：主題是照片（實際上被當成現存的對象）和被照片迷住的人：作爲色情夢幻的對象，作爲死的象徵。

　　一九五四年他發現了布萊希特（當柏林劇團帶著「母親的勇氣」劇目訪問巴黎時），並幫助法國人瞭解他。他對布萊希特的論述不如他對戲劇性形式的論述更和戲劇性問題有關。七〇年代期間，他常常在研究班中使用布萊希特的材料，朗讀一些散文作品，以作爲批評敏銳性的範例。對巴特來說，重要的不是作爲教化性場景創作者的布萊希特，而是作爲教化知識分子的布萊希特。與此相反，對於文樂木偶來說，巴特看重的是戲劇性因素本身。在巴特早期作品中，戲劇性因素構成了自由的領域，這個領域之中只有角色具有身分，而我們可以改變角色；它也是這樣一個領域，在其中意義本身可被拒絕（巴特談到了文樂中木偶特有的「免除意義作用」）。巴特對戲劇性問題的討論，正像他對快樂的熱情頌揚一樣，是一種把意義本身改變成對邏格斯（Logos）理性消弱、減輕和阻擋的方式。

　　對場景概念的肯定是唯美主義者立場的勝利：傳播遊戲觀，也拒絕悲劇觀。巴特的所有思想活動都有排除其「內容」和目的的悲劇性因素的效果。這就是我們說他的作品具有眞正破壞性、解放性、遊戲性的意義所在。在主要的唯美主義傳統中，正是不合規範的話語具有排除話語「內質」的自由，以便更好地欣賞其「形式」。似乎是在各種所謂形式主義理論的幫助下，不合規範的話語受到了尊重。在有關其思想發展的種種論述中，巴特自己描述爲永遠的生徒，但其實際意思是說，他始終是不受外界影響的。他談到了自己在許多理論和導師的推導下工作過。實際上，巴特的作品既具有較大的一致性，又具有矛盾性。儘管他與一些教導性學說有著名種聯繫，然而他對學說的信奉只是表面性的。結果，一切理智上的新奇玩意兒都必然被拋棄了。他最後幾本書就是對他個人思想的一種揭示。他說，《羅蘭‧巴特》是他抗拒自己思想、

毀壞自己權威性的一部書。而在標誌著他登上最高權威位置
——法蘭西學院文學符號學講座——一九七七年就職講演中，巴
特極富個人特色地選擇了有關一種溫和的思想權威性的論題。他
贊許教學是一種寬縱的而非強制的領域，在這裡人們可以精神放
鬆，消除戒備，悠哉游哉。

　　巴特在《寫作的零度》結尾一段中曾把語言本身愉快地稱作
一種「烏托邦」，現在則把它作為另一種形式的「權力」加以批評，
而且他在努力傳達他對語言成為「權力」的方式的感受時，在演
講中使用以下這種很快招致議論的誇張的措詞：語言的權力「簡
直就是法西斯」。假定社會被各種無所不在的意識形態和壓制性
的神秘性作用所控制，必然導致巴特對後革命的而又自相矛盾的
自我主義的擁護：他對毫不妥協的個人性的肯定乃是一種破壞性
行為。這是唯美主義態度的一種典型的引申，這種肯定於是具有
了政治性：一種徹底個人的政治。快樂主要被等同於不被認可的
快樂，個性肯定的權利又被等同於非社會自我的神聖不可侵犯
性。在他的後期著作中，反抗權力的主題表現在對（作為被偶像
化的共同參與的）經驗賦予越來越具私人性的定義和賦予思想以
一種遊戲式的定義。巴特在最近的一次訪問中說道：「最大的問
題是去勝過『意指』、勝過法律、勝過父親、勝過被壓制者，我不
說駁倒，而是說勝過。」唯美主義超脫的理想、自私性的理想考
慮到了對熱情而執著的共同參與性的表白：狂熱與迷戀的自私性
（王爾德談到了他自己內心中的「狂熱與漠不關心的奇妙的混合
……我會一念之下走上絞架，而直到最後一息仍是一名懷疑論
者」）。巴特不得不熱情洋溢地一面去不斷重申唯美主義的超脫觀
而一面又加以破壞。

　　正像一切偉大的唯美主義者一樣，巴特善於從正反兩面來對

待它。於是他既使寫作等同於對待世界的一種寬厚態度（寫作是
「永久的生產」），又使其等同於對待世界的一種抗戰（寫作是超
出權力界域的「永久的語言革命」）。他既需要一種政治又需要一
種反政治，既需要去批評世界又需要去超越道德考慮。唯美主義
的激進態度是放縱不羈，甚至多求務得的心靈的激進態度，但它
仍然是一種真正的激進態度。一切真正的道德觀都是以一種取捨
觀為根據的，而可能成為隨遇而安的唯美主義人生觀，確實為一
種偉大的取捨觀提供了某種不只是優雅的、而且是潛在上強而有
力的基礎。

　　唯美主義的激進態度渴望多樣化以及使多樣的事物同一化，
並充分承認個性的特殊地位。巴特的著作（他承認他是由於不可
擺脫的迷執而從事寫作的）中既有的連續性又有迂迴性，包含著
各種觀點的累積以及最終將它們都擺脫掉；總之，是連續行進和
隨興所至的混合體。在巴特看來自由是一種狀態，它始終是多元
性的、流動性的、隨理論而搖擺不定的，其代價是遲疑不定、憂
心忡忡、深怕被當成欺世盜名者。巴特所描繪的那種作家的自由，
從局部上說就是逃逸。作家是他本身自我的代言人，這個自我在
被寫作凝固下來之前始終在逃避之中，正如心靈始終在逃避著理
論，「說者非寫者，寫者非存在者」。巴特想要走自己的路，這是
唯美主義人生觀中的絕對律令之一。

　　巴特在全部作品裡都把自己投射入其主題中。他就是傅立
葉：不為罪惡所惑、疏遠政治、「那種必要的清瀉」，他於是「把
它吐個乾淨」；他就是文樂戲中的木偶，不具人格，飄忽不定；他
就是紀德，那位無年齡變化的作家（永遠年輕、永遠成熟），那位
自我主義者的作家，那位具有「同時性存在」或多重慾望的成功
典型；他就是一切他稱讚的主題中的主題（他必須以自己特有的

方式進行讚揚，或許與他想爲自己設計確定的、創造性的準則有關）。因此巴特的很多作品現在看來都帶有自傳性。

最後，他的作品從直接意義上說也具有自傳性。對個人與自我的勇敢的思索成爲他的後期寫作和研究班授課的中心部分。巴特的很多作品，特別是最後三部書都包含著尖銳的有關失落(loss)的主題，它們爲他的色情觀（以及他的性慾）、他的嗜好、他體驗世界人生的方式加以坦率的辯護。這些書從藝術角度說也是反懺悔式的。《描像器》是一本「元書」(meta－book)，是關於一本甚至更具個人性自傳的思索，他曾打算在這本書中寫一九七八年逝去的母親的照片，但後來擱置了下來。巴特從一種現代主義的寫作模式開始，它優於任何有關意圖或單純表現性的觀念，它是一種面具。瓦萊里強調說：「作品不應賦予書中人物以任何可歸結爲作者個人及其思想的觀念❸。但是他對非個人性的這種信奉並未妨礙他的自我表白，它只是自我體察構想的另一種形式，即法國文學中那種最高貴的構想。瓦萊里提供了一種非個人的、超脫世俗的自我專注的理想。盧梭提供了另外一種理想、熱情洋溢、自讚自責。巴特作品中的很多主題都屬於法國文學文化的經典話語之列：對優雅的抽象、特別對情感的形式分析的喜愛、對單純心理描繪的輕視，以及對非個人性特點的調情（福樓拜自言：「包法利夫人，這就是我！」但在信中又強調自己小說的「非個人性」──與自己毫無聯繫）。

巴特是由蒙田倡導的偉大法國文學構想的最後一名重要的參與者，這個構想就是：以自我作爲天職以及以生活作爲對自我的一次讀解。這一事業把自我解釋爲一切可能性的匯聚地：貪婪、不畏矛盾（無可失去，凡物可得）。把意識的運用解釋作人生最高目的，因爲人們唯其充分自覺才可獲得自由。法國特有的烏托邦

傳統就是這樣一種現實觀，這個現實將為意識所補償、恢復和超越。這個傳統也是這樣一種心靈生命觀，這是一種慾望的生命，充滿著智慧和歡樂，這樣的傳統與德國和俄國文學中具有高度道德嚴肅性的傳統相去甚遠。

巴特的寫作不可避免地要以自傳來結束。巴特有一次在研究班上說道：「人必須在當恐怖主義者和當自我主義者之間進行抉擇。」這樣一種取捨似乎是純法國式的。思想的恐怖主義是法國精神實踐中主要的、受尊敬的形式，它被容忍、遷就和鼓勵著、粗暴的陳述方式和無恥的意識形態翻雲覆雨的「雅各賓」傳統、不斷指責、評判、漫罵、過度讚揚的訓令、偏好極端立場，只是偶爾才採取溫和態度，以及偏好故意的挑釁。與此相比，微不足道的自我主義又如何呢！

巴特的聲音變得越來越內向，他的主題也變得越來越內向。肯定他個人的特性（但不加以破解），是《羅蘭‧巴特》一書的主要題旨。他寫了身體、趣味、愛情、孤獨、性的淒涼，最後，死亡，或準確地說：慾望和死亡，這是《論攝影》一書的雙重主題。就像在柏拉圖《對話錄》中一樣，思想家（作家、讀者、教師）和情人（這是巴特自我中的兩個主要形象）合為一體。當然，巴特是相當地從字面上，儘可能地從字面上來表示其文學色情學的。〔本文進入(enters)、充滿(fills)、給與(grants)快感〕。然而到頭來他竟是一位十足的柏拉圖主義者。《戀人絮語》中的獨白表面上像是一樁樁失戀故事，最後卻以典型的柏拉圖式的靈愛觀而告終，結果低級的愛轉化為無所不容的高級的愛。巴特自認，他「想要揭穿真相，不再去解釋，而是由意識本身中產生一種良藥，從而接近一種不可歸約的現實觀、清澈澄明的偉大戲劇和預言式的愛」。

　　當巴特放棄了理論時，他對現代主義的錯綜複雜標準就不那麼重視了。他說，他並不想在自己和讀者之間設置任何障礙。他的最後一部書是（對母親的）回憶，是性愛的沈思，是攝景形象的論述，最後的乞靈，總之，一部關於憐憫、自棄、慾望的書，他在這本書中放棄了華麗風格，觀點本身被平鋪直敘出來。攝影的主題明顯地免除了或消除了形式主義風格的矯揉造作。巴特在選擇攝影作爲寫作主題時，趁機採用了最熟知的一種現實主義：照片的吸引力，是由於它所表現的對象。而且照片可以引進一步排除自我的慾望（他在《描像器》中說：「看著某些照片，我就想變成一個無文化的原始人。」）。蘇格拉底的甜蜜和嬌媚變爲哀怨和絕望：寫作是擁抱，又是被擁抱；每一種觀念都是向外延伸的觀念。他的觀念和他本人似乎都在分裂，當他對他所謂的「細節」越執迷時，就越有這種感覺。在《沙特、傅立葉、羅約拉》一書的序言中，巴特寫道：「如果我是一個作家而且死去，當我的一生由某位友好而公正的傳記家的努力而被歸結爲一些細節、一些偏好、一些波動變化，或者說，歸結爲『傳記』(biogra-pheme)，它們的特徵和變化將超越任何個人命運的侷限，並像伊比鳩魯的原子一樣觸及某個未來的、註定遭到同樣分解作用的軀體的話，我會非常高興的。」這甚至是在展望到自身必死性時那種觸及其他軀體的需要。

　　巴特的後期著作中充滿了他已到達某種事物（作爲藝術家的批評家的活動）終極的信號，並企圖成爲另一類作家（他表示過想寫一部小說的意圖）。他欣然承認了自身的弱點和孤獨感，越來越欣賞一種類似於神秘的清瀉(kenosis)作用的寫作觀。他承認，不只是思想系統（他的思想處在一種融化狀態），而且連「我」都必須加以拆除（巴特說，眞正的知識有賴於「摘除『我』的假面

具」)。不在的美學（空的記號、空的主題、意義的消除）是偉大的非個人化構想的全部意旨，它也是唯美主義者美好趣味的最高姿態。在巴特的寫作行將終結時，這一理想又改變了調門。一種非個人化的精神的理想出現了，或許這是每一位嚴肅的唯美主義者立場（試想王爾德、瓦萊里）特有的終結點。在這一點上唯美主義觀開始自我毀滅了：其結果或者是沈寂，或者變成了其它的東西。

巴特身上懷有他的唯美主義立場不可能加以支撐的精神努力。結果他必然要超越這一立場，在他最後的作品和教學活動中就是這樣。最後他採取的是一種不在的美學，並把文學說成是主客觀的涵蘊。柏拉圖式的「智慧」觀出現了，當然其中摻雜了一種世俗智慧：懷疑獨斷論、熱衷於快樂的滿足、憧憬理想的境界。巴特的氣質、風格、感覺走完了自己的旅程。從這個角度來看，他的作品現在似乎更加精細和敏銳，並以遠遠超出任何其他現代同代人的智慧力量，揭示了和唯美主義態度有關的重要真理，這就是體驗、評價、解釋世界的「新近的」方式，在這個世界中生存、吸取力量、找尋安慰（但最終找尋不到）、享受歡樂、表現情愛。

註　釋

❶譯自蘇珊·桑塔格（編）：《巴特文選》，英文版，1983年，希爾和王出版公司，紐約。

❷我曾企圖把這種唯美主義態度歸入「集團」的名目之下，可以把它看成一種使審美趣味不那麼排它的技巧（一種喜歡的方式，喜歡的程度超過人們實際願意去喜歡的），以及把它看成使唯美主義態度民主化努力的一部分。然而集團趣味仍然以較老的高辨別標準為前提，這種趣味與由安迪·華霍爾體現的那種標準成為對照。他是那種將一切拉平的唯美主義的供應者和消費者。

❸認為從理想上說寫作是一種非個人性或不在性形式的現代派格言，促使巴特在考慮一本書時排掉「作者」。（他的《Ｓ／Ｚ》的方法是，把巴爾札克一篇短篇小說實際當作一個無作者的本文加以示範性的讀解）。一方面，巴特作為批評家為作家擬定了一份某種現代主義（如福樓拜、瓦萊里、艾略特）的訓諭，這是一份讀者總綱。另一方面，在實踐中他卻違反這個訓諭，因為大部分巴特的寫作正是致力於個人特性的表白。

附錄二

人怎樣對文學說話❶ (1971年)

朱麗葉·克莉思蒂娃

　　當資本主義社會在經濟和社會領域正奄奄一息之時，話語也以前所未有的速率逐漸失效和趨於瓦解。各種哲學發現，各色各樣的「教導」，各種科學的或美學的形式主義，一個接一個地彼此互不相讓，而又逐次消失，既未留下信從的聽眾，又未留下值得注意的追隨者。在不管什麼「領域」裡，任何一種教導術、修辭學、獨斷論都不再引起人們的注意了。它們在整個學術界以某種改變了的形式延續著，或將繼續延續著。只有一種語言越來越成為當代性的，這就是已逾三十年之久的、與《為芬尼根守靈》中的語言相當的那種語言。

　　結果，文學新潮派的經驗由於其本身特性而被嚴厲地批評作為新話語的（以及一種新主題的）實驗場，於是導致了一種改變，「或許其重要性和所牽扯到的問題正如標誌了從中世紀向文藝復興時期過渡的改變一樣」（《批評與真實》，第四八頁）❷。它也拒絕一切那些不論是停滯不前的還是學術折衷主義的話語，它在並非必要時就已預先獲得了自己的知識，並發明了另外一種有獨創性的、流動性的和變換性的語言。它在這樣做時，刺激和揭示了那些目前正尋求著它們自己準確政治表述的、深刻的意識形態的變化，這是與從未停止過剝削和支配的資產階級「自由主義」的

崩潰相對立的，是與修正主義和一種教條主義的倉促結合相對立
的，後者從未停止過進行壓制及在其（革命的）偽裝下隨風搖擺。

　　文學是怎樣完成對舊世界的這種顛覆呢？主體和歷史共同具
有的否定性是怎樣透過其實際經驗出現的呢？這種否定性能夠清
除意識形態，甚至清除語言，以便擬制新的意指工具。它怎樣使
主體的粉碎與社會的粉碎都壓縮入象徵與現實之間、主體與客體
之間的新關係格局中去呢？

　　對這些當代意識形態反叛的研究，是圍繞著一種文學「機器」
的知識來進行的。我對羅蘭‧巴特著作的評述就是按照這樣的觀點
來展開的。巴特是現代文學研究的先驅和奠基者，正因爲他使文
學實踐存於主體和歷史的交叉點上，並因爲他把這一實踐當作社
會架構中意識形態分裂的徵兆加以研究，而且因爲他在「本文」
範圍內探索那種象徵（以符號學方式）控制這一分裂的準確機制，
因此他企圖形成一門研究的具體對象，其多樣性、多重性和流動
性使他得以防止舊的話語的飽和性。這種知識在某種意義上說已
經是一種寫作，一種本文了。

　　現在我將評述我認爲在巴特著作中的一個主要部分，這一部
分旨在詳細闡發文學在話語系統中的關鍵作用，這就是寫作的概
念、被看作否定性的寫作、語言理想的非實體化、將非象徵化的
現實轉爲寫作架構的作用、寫作中主體的慾望、在書寫本文中身
體的動力學，以及最後歷史的考慮、在可能的文學知識內原語言
的地位（「科學」與「批評」的分裂）等等。

　　這篇評論將是「與典籍本文有關的」，甚至是啓發式的，其唯
一抱負只在於引起注意和提請讀者參照羅蘭‧巴特的本文。我能怎
樣估量他作爲一名作家的天才呢？我既不想寫一篇對任何一個特
殊本文的科學分析，也不想進行全面的評估，而只打算去採取一

種「觀點」──一種位移(displacement)，這或許可以說明這一工作的正當性。換句話說，既然我將必須從巴特的全部本文中進行刪選，那我就從新潮派本文的觀點出發，從往往是繼巴特的寫作之後而來的當前新潮派傾向出發，從而使巴特的構架移位。因此我的「觀點」是：文學新潮派運動使我們能在巴特的著作（它本身是該運動的一部分）中讀解當前話語與意識形態變化的當前因素。

一、發現

寫作的概念（《寫作的零度》）既改變文學實踐的概念，又改變了對這一實踐的可能的知識。「文學」變成了寫作；「知識」或「科學」變成了寫作的慾望的客觀表述，二者的相互關係既牽扯到「文學的」個人又牽扯到吹毛求疵的「科學的」專家，從而使關心的重點置於主體所在之處──既透過其身體和歷史的經驗而置於語言之內。於是寫作就是歷史在一己被一主體運用的語言之內所形成的一個部分。對寫作慾望的實現，要求（原語言的）主體產生粘著和離異的雙向運動，在其中他可透過一（語言的、符號學的等等）代碼的約束力來抑制其對意符的慾望，而這種約束力本身是被一種種（烏托邦的？）倫理學所支配的。這就是在社會之內去揳入一種由社會核查的實踐，傳達社會不能理解或聽懂的東西，同時也重建一種已發生內在破裂的社會話語的內聚力與和諧性。

因此，紐結就這樣形成了，按此文學將同時從各種觀點加以考慮：語言、主體─生產者、歷史、原語言的主體。它們也都在

「進入」各門或者已經建立、或者正在建立中的科學，如語言學、精神分析學、社會學和歷史學。這些因素不僅彼此分不開，而且它們特有的混合方式是這種知識可能性的條件。巴特的寫作或許在於這種雙重的必要性：(1)各種科學方法都是同時的，它們形成了一個有秩序的系列，並導致巴特的符號學概念；(2)它們是被文學「可能知識」的主體的審慎和明顯的存在所控制，其方式是透過他當前提出的對本文的讀解，本文像他本人一樣都是位於當代歷史中的。

1.技術主義的幻想

如果沒有第一種必要性，我們就會看到文學實體被分割爲「各種科學」，它們都連接於文學實踐，靠文學而存在（歷史學、社會學，但在更現代和更間接方式上還有各種形式主義，不管是語言學的還是語言學以外的，是俄國的還是新批評派的）。文學證實著一切人文科學的一切假設，它賦予語言學家和歷史學家以其剩餘價值，其條件是它始終存在於知識的陰影裡，作爲一種消極因素，而從來不是作爲一種動因。這就是說，文學並未被描述爲一種準確的對象，這個對象被一種尋求其眞理的、自足的和有限制的理論加以完整地描繪，它並未導致專門知識，而是導致這樣一些學說的應用，它們只不過是意識形態的運用因爲它們是經驗的和被切割的。

如果沒有第二種必要性，我們就會產生這樣一種技術主義的幻想，認爲「文學的科學」只需重複科學的規條（如果可能的話，即語言學的，或者甚至更「嚴格地」說，音位學的、結構語言學的，或生成語法的規條），以便使自身躋入尊貴而無定形的「大衆傳播中的研究」領域。

巴特的全部寫作可能並非都遵從（或者至少是並非都以同一方式遵從）這些從其全部作品中抽引出來的必要性。也可以肯定說，他的同事或學生都傾向於忽略它們。然而大多數巴特的本文都符合這兩種必要性。巴特的寫作往往以「隨筆」的形式發表，它們爲文學樹立了一種典範，並使文學成爲一種新客觀性話語的對象。但是同樣的話語卻在那些（更富科學性或更像散文家的）人的作品中失敗了，他們雖仿效巴特卻略去了其文學程序中的某些成分。「隨筆」這個詞不應被理解作顯示了某種修辭學的卑微性，也不應理解作是對理論性較弱的話語的評定（如人文科學中的「嚴格性」衛道者的看法），而應理解作一種最嚴肅的方法論的迫切需要。文學科學是一種永遠沒完沒了的話語，一種對所謂文學實踐法則探索的永遠開放的陳述活動。這一探索的「目標」是顯示這樣一種程序，透過這一程序，這門「科學」、它的「對象」，以及二者之間的關聯性產生了出來，而不是把某一種技術經驗應用於一種漠不相關的對象上。

2.重新鑄造的軸心：歷史的主體

巴特的發現符合什麼樣的認識論，意識形態，或其它方面的要求呢？這種發現相當於一種重新鑄造。也許採取較不誇張的二分法要更愼重一些，如：文學和語言、文學和精神分析、文學和社會學、文學和意識形態等等。這種二分法清單還可繼續加長下去。

巴特企圖確定文學實踐中特定的和不可比較的因素。如果巴特的貢獻似乎是注意到了我們時代特有的技術支配論的要求（構成一切所謂「人的」領域的專門化話語）並遵循著經驗批評性的假定（一切都指實踐都可歸入從某一精確科學中借取來的形式主

義之內），實際情況卻正相反，參照比較這些要求和前提正是爲了克服它們。在那些遭受語言異化和歷史困扼的文明中的主體看來，巴特的研究顯示出，文學正是這樣一個場所，在這裡異化和困扼時時都被人們以特殊方式加以反抗。

文學作爲一個意符和一種歷史之間的分界線地區，似乎是某種特殊形式的實踐知識，在這裡主體浸沒於該意符中，而歷史將其法則強加於他。正是這裡集中了語言通訊和社會交換以外的東西，因爲語言通訊和社會交換遵從著經濟技術進化的規則。因此這種社會交換以外的東西的集中和沈積，按其定義來說並不是通訊科學或社會交換科學的實際對象。它的位置跨越科學爲本身規定的對象，它穿過諸科學卻又存身於別處。當前階段的資本主義工業科學描繪了、如果不是支配著，通訊和技術的全部可能性，這個社會使其一部分分析活動可應付這種「位置的欠缺」。

我們的社會不論是頹廢還是受其壓制者所影響，它總能看到藝術是支配社會基本規則的標誌，正如親族結構作用是所謂原始社會的標誌一樣，前者甚至比後者更明顯。於是社會可以使這種「藝術」成爲一種「科學」的對象，以便理解它不可能像古代神話一樣被簡單地歸結爲一種（按照某種語言學方法被製作出來）認識的技術程序或被歸結爲社會功能（使其與某種經濟需要聯繫起來的）。但是相反，「藝術」揭示的是一種特定的實踐。它被凝結於一種具有極其多樣表現的生產方式中。它把陷入眾多複雜關係中的主體織入語言（或其它「意指材料」之中，如「自然」和「文化」關係），不可窮源的意識形態傳統和科學傳統（這種傳統因此是有效的）和現時存在之間的關係，以及在慾望和法則，身體，語言和「原語言」等等之間的關係中。

於是，我們在這樣一種關係網中所發現的東西，就是陷於本

能衝動和語言內社會實踐之間的主體的功能，這個功能今日被劃分爲若干不可交流的、多重的體系：像一座通天塔，文學特意將其打開、改造並寫入一個新的永恆矛盾的系列中。這就是在基督教—資本主義時代達到其顛峰的主體，達到成爲其有力而隱蔽的、受壓制而富革新性的秘密性動力。文學逐漸地描繪了這一過程的產生和鬥爭。巴特概述了科學的各種可能性，科學在這種文學即這種寫作之內尋求著主體的力量發展。

我們還沒有理解涉及到有關文學實踐主體而非有關神經學或心理學主體的思想的作用場所遭受改變的重要性。由巴特勾勒的這個方案雖然實際上爲精神分析學所認可，卻仍然展現著一個不同的「主體」，我們知道，這個主體正是精神分析學在檢查「我」和「他人」之間種種曲折的關係時所難於應付的。「文學的」和（一般來說）「藝術的」實踐，把主體對意符的依賴轉變爲對其相對於意符和現實的自由的檢驗。在這一檢驗中，主體既達到了其界限（意符的法則），又達到了其位移的（語言學的歷史的）客觀可能性，爲此它把「自我」的各種張力納入歷史的矛盾中，而當主體把張力併入這些矛盾並使它們在彼此鬥爭中相協調時，逐步擺脫了這些張力。併入作用（inclusion）是「藝術」的一個基本特性，正是透過這種併入作用，一個所謂的「自我」成爲外於自我之物，它被客觀化了，或準確些說，它既非客觀的又非主觀的，而是同時成爲二者，因此成爲它們的「他者」，巴特爲這個「他者」起了一個名字：寫作。寫作作爲語言以下和語言以外的實體，作爲超語言（translanguage），是一種分界域，在這裡主體的歷史發展得到了肯定，這就是一種非心理學的、非主觀性的主體，即一種歷史的主體。因此寫作假定著另一個主體，這個主體頭一次地成爲明確反心理學的，因爲最終決定著它的不是通訊（作爲與他者的

關係)的問題，而是主體在一種經驗──一種必要的實踐之內的超越的問題。因此，巴特可以說，「藝術是對偶然性的一種征服」（《批評文集》，第二一八頁），並說它像結構主義的設計一樣，「表明意義的位置，卻並不爲其命名」（《批評文集》，第二一九頁）。

3.文學：人文科學正在失去的一個環節

因爲文學實踐專注於語言和意識形態內的意義過程（從「自我」到歷史），它始終是所謂人文科學的社會交流性或主體超越結構正在失去的環節。沒有什麼比這一點更「自然」的了，因爲文學實踐陳述卻並未爲其命名的這個意義位置，正是人文科學尚未達到的唯物辯證法的位置。

把這種實踐插入社會科學體系，要求對「科學」概念本身作出修改，以便一種類比辯證可以引起作用。這就是說將在此程序內保留和描繪一個偶然性領域，其目的在於去理解這一實踐：一個被確定位置的偶然性作爲客觀理解的條件，一個在原語言的主體和研究的寫作中，以及（或者）在主體構成的語義的及意識形態的手段的關係中被發現的偶然性。一旦這一領域被確定了，文學實踐就可以看成是一種知識可能的對象：話語的可能性出現於對其不可能的、但又能被其確定的一種現實之中。這裡的問題是與不可能的原語言有關的，它構成了巴特開創性工作的第二部分。在有關文學主體的問題上，巴特第一個指出了這種不可能性，從而爲哲學家或符號學家開闢了道路。

這種方法實際上要求引入語言學、精神分析學等等學科，只要它們尊重這個方法的制約因素。巴特的研究爲這些學科提出了一個新的領域，一個新的對象，一個新的認知主體。這些學科正

開始零零星星地注意到這一點。

二、語言和寫作

　　透過在偶然性與必然性之間建立的原語言去發現一種新對象，似乎是今日一切科學中的通性。這些限制本身往往成為一種不過是現代化的新康德主義的意識形態托詞，它的科學生產力剛一跨過「精確科學」的門檻，立刻就跌入了一種認識論的閘壩，後者阻礙著有關說話的和認知的主體的科學理論（精神分析學）和有關歷史的科學理論（歷史唯物主義）。

　　同時很顯然，正是黑格爾的辯證法（它的超越論掩蓋了自從笛卡兒、康德和啟蒙時代以來所取得的客觀進步），頭一次指出了在有限和無限以及在理論基礎和客觀性之間互相作用的主要輪廓，這是當代科學的障礙物。它透過在其基礎上強加上一種紐結而導致這一結果（沒有它是看不到這些紐結的），對立面（主體和歷史）就是相互交織在這個紐結之中的。我們在巴特思想的十字路口上當然會遇到它們。

1.本文中的知識

　　文學展示和掌握這些對立因素已有一個世紀了，它透過語言，並在我們社會的意識形態內，一心一意地運用著一種它並不必然加以反映的「知識」。如果它因此運用話語的理性方面，就首先透過在語言的物質成分內駕馭矛盾去避免黑格爾的超越性，這些語言的物質成分猶如通過具體主體生物性的歷史性的身體而成為的意義和觀念的產物。因而任何語音單位都既是數又是無窮

量，是過剩量和有意指作用的東西，因爲它同時也是一個無窮微分。任何詞句都既是句法，又是非語句；既是合乎規範的單一性，又是混亂的多重性。任何語句都既是神話，又是熔合器，在其中的語句被產生並由其本身的歷史、主體的歷史和上層結構的客觀歷史而衰滅。任何語言鏈都具有一種發送源，它使身體與其生物學的和社會的歷史相聯繫。特殊的主體借助於語言以外的、生物學的和在社會中不可預見的不確定代碼，爲日常通訊的常規語言編寫密碼，這些代碼不可能被有限數量的演繹的或「推理的」運算加以證明，而是在「客觀法則」的必然性之內起作用。這個特殊的主體（既非認識的主體，也非索緒爾語言的主體，而是一段本文的主體，它是既支離破碎又前後一貫的，由不可預見的必然性所調節），這個「主體」正是巴特在稱作寫作的文學中追求的對象。於是不言而喻，寫作的實踐及其主體是現代科學激變的同時期產物，甚至是其先驅者，它們的意識形態的實踐的對應物。在主體陳述、「感覺」和「體驗」的方式，與客觀知識在沒有主體情況下所得到的東西之間保持著一致性的諸單元，縫合（suture）往昔主觀主義意識形態和生產力及知識手段，發展二者之間裂縫的操作符號，這兩方面都在這些裂縫之前發生並將其超越。

2.兩種發現渠道：辯證法與社會學

摩里斯·布朗肖對黑格爾、馬拉美和卡夫卡的研究使我們注意到，巴特的寫作與寫作主體的觀念獲得了一種新的認識論身分。他們放棄了對傅立葉、沙特、巴爾扎克等對絕對精神的撲朔迷離的思辨和對語言本質的思索，神話的、政治的和新聞的話語、新小說派、《太凱爾》雜誌；而且由於社會學（馬克思主義、沙特）、結構主義（李維史陀）和文學新潮派活動的聯盟，一種新的性質

是以隱含的三種命題爲基礎的：

(a)寫作的物質性（在語言內的客觀實踐）堅持與各語言科學（語言學、邏輯學、符號學）接觸，但也堅持一種相對於這些科學的區分作用；

(b)它沒入歷史中一事導致對社會的和歷史的條件的思考；

(c)它的性多元決定論使其朝向精神分析學，並透過後者通向一系列身體的、物理的和實體的「秩序」。

寫作作爲一種知識的對象是從語言領域（意義）裡辯證法的變換中出現的，而巴特是使寫作成爲一門科學的唯理派經驗主義者。似乎巴特的有關寫作生產的含混性正表現在這裡。正是出於這一立場，他才使自己與任何先驗的或實證主義的現象學根本對立。正如這種相同的含混立場有時能夠導致對現實的和象徵的世界進行全面的象徵化那種「天眞的」形式主義誘惑一樣。

3.語言學和現象學的理想世界

巴特認爲，意指系統既屬於又不屬於語言學，像《寫作的零度》、《符號學原理》、《時裝系統》這類看來頗爲不同的著作所具有的深刻的統一性，表明了巴特思想中不斷起作用的矛盾。

由於意指系統具有如此明顯的語言學性質，巴特建議修改索緒爾的著名立場：「語言學不是一般記號科學的一部分，甚至不是主要部分，反之符號學是語言學的一部分。」（《符號學原理》，第十一頁）這一必要性似乎是出於嚴格性和肯定性的考慮，因爲語言是主要的意指系統，並最容易被理解。

但同時意指系統又是超語言學的，這些系統是作爲穿過語音學範疇，來組織其它的組合系統。

圓環已經結成了：穿過俄國形式主義只有助於使我們比以往

更堅定地回到《寫作的零度》一書中超語言學的、甚至語言學的
立場（「在寫作中基本上存在著異於語言的『情況』」——第二十
頁），並使我們能夠證實它們。

我們會批評這一程序中的「意識形態」因素，如果我們只把
它看作從複雜的意指實踐向中立的和普遍的可理解性還原的話。
但這樣一來就等於忽略了巴特受如下願望支配的路線，他想測定
一幅地圖（通信不等於寫作），並因此使符號學的系統化與一種批
評的寫作（我們將再談這個問題）結合起來，從而破壞原語言的
「中立的和普遍的」立場。

巴特的符號學本文（它們都是符號學的本文，如果我們願意
保留這個詞，不用它來指形式化，而是指對意指過程中辯證法則
的研究），首先要求一種意指性觀念的非實體化。它們的意義首先
是否定的（「沒有任何現存的符號學是最後不能被看成符號破壞論
的」，《神話學》第九頁），這種否定性反對著語言和一般象徵功能
的透明性。一種語言學方法所發現的現象學觀念的存在，在巴特
看來，是最隱蔽且有待建立的另一種秩序的門面。在實體化的、
不透明的語言學範疇和結構背後，有這樣一種情境在引起作用，
在其中由其與他者交流的型式所規定的主體，開始否定這種交
流，以便形成另一種方式。作為對先前所謂「天然語言」之否定
的這「語言」，因此就不再是交流性的了。我將稱其為轉換性，或
者甚至稱其為死的，不論對「我」還是對「他者」來說都如此。
它在兩可之間的經驗中導致一種反語言（喬埃斯），導致一種獻祭
語言（巴太伊），在其它方面不過是指出了同時是脫裂的社會結
構。雖然這另一種情境仍被理解作意指性的，但它只是部分語言
學性的。就是說，它只是部份地依賴於由語言科學建立的觀念性
存在，因為它只是部份地交流性的。反之，它通過展開這些語言

觀念的現象實體而接近它們的形成過程。語言學單元和結構不再
決定寫作，因爲它不只是或不專門指向另一人的話語。在邏輯上
先於語言學實體和其主體的精力、釋放和量化性能（cathexes）
的移位和推進，標誌了「自我」的構成和運動，並被象徵秩序和
語言秩序的表述所顯示 ❸。寫作將是衝動（其中最具特徵的是死
亡衝動）的位移、推進、釋放、性能的辯證法在象徵秩序中的記
錄，它作用著並構成著意指，但也超過意指，它將透過運用意指
過程（移位、壓縮、重複、逆反）的最基本法則使自己併入語言
的直線性秩序中去，它將支配其它輔助網絡並產生一種超意義。
對此巴太伊寫道：「反之，寫作永遠值根於某種超過語言的東西
之內，它像一粒種子而不是像一條線一樣地展開，它顯示了一種
本質並抑制著一種秘密的威脅，它是一種反交流，它是一種恐嚇
行爲。因此一切寫作都將包含著本身既是語言又是強制力這樣一
種對象的含混性：在寫作中存在著一種異於語言的『環境』，似
乎存在著一種目光的威力，它傳達著已不再是語言性的一種意
圖。這種目光可以清楚地表明語言的熱情，如在文學寫作方式中
一樣，它也可表達懲戒的威脅，像在政治寫作中那樣……在文學
的寫作方式中符號的統一性不斷地爲語言之下或之外的區域所吸
引。」（《寫作的零度》，第二十頁）

　　這段寫於一九五三年的文字後來成爲一九六九年《Ｓ／Ｚ》一
書中的分析方法。

4.神話、歷史、美學

　　神話的觀念性存在遭受了類似的非實體化作用，這些觀念性
存在像結晶體一樣由歷史主體實踐中構成，「神話不是由其信息
的對象所確定，而是由它表達這一信息的方式所確定：存在著神

話的形式界限,但不存在實體的界限」(《神話學》,第一〇九頁)。

雖然這一立場與巴特適巧陷入的結構主義方法有顯著的類似性,他的計畫卻是根本不同的。雖然神話可以是一個結構,它只是作爲一種歷史生產才可被理解,因此應當在歷史中而非在音位學中去發現其法則。「我們可以想像十分古老的神話,但不存在永恆的神話,因爲正是人類歷史把現實轉爲言語,而且是歷史本身制約著神話語言的存亡。不管神話是否是古代的,它只能有一個歷史基礎,因爲神話是一種由歷史選定的言語。它不可能從『事物本性』中逐漸產生。」(《神話學》,第一一〇頁)於是與在神話中尋求「人心永恆結構」的結構主義相反,巴特或許更接近於李維史陀最近申明的觀點❹,巴特透過或超過話語現象,去追溯其社會的歷史的多元決定作用。但因爲巴特以另一種經驗開始,他的立場也就不同於結構主義立場。對他來說,歷史是與意指性主體深處的展開不可分的,歷史正是由於這個主體才是可讀解的。「於是歷史使作家面臨著與語言有關係的若干種道德態度間的必要選擇;它迫使作家根據在其控制以外的諸可能性來意指文學。」(《寫作的零度》,第二頁)

這種強迫性的但非可被掌握的必要性迫使作家必須去意指,這種必要性是一種主要經驗的產物。「結構主義」的思考透過主體和歷史「在深處」展開象徵功能而導致這種必要性,這就是「美學」。「結構主義」並未使歷史脫離世界,它企圖使歷史不僅與內容相關(這已經做過無數次了),而且也與某些形式相關;不僅與物質相連,而且也與可理解性相連;不只與意識形態相連,而且也與美學相關。」(《批評文集》,第二一九頁)

5.使迷惑和使客觀化：布朗肖與沙特

　　兩種不同的比較或許將有助於我們更清楚地理解產生巴特寫作的那種非實體化方略。作為一種超語言學的表述，它接近於布朗肖的「入迷的」寫作活動和沙特的「作為個人客觀化表現的作品」。在這兩種看起來互不相容的極限之間，巴特指出一種辯證的近似性，或準確些說，一種被轉換的辯證法的共同因素。它把寫作於區分二者的區域之內，把它當作可由理解闡明的一種操作程序。

　　寫作的概念首先在《寫作的零度》中提出，其後他又以各種方式繼續進行分析。寫作具有「迷惑」（fascination）的特徵（在前引該書第二十頁文字中可以從字面上看出），希朗肖曾在「致力於時間的不在」的一種「寫作活動」中對「迷惑」問題加以思考，而且它穿過了否定性與肯定性，使自身置於辯證法之外，置身於一種「存在的失去中，在這裡存在是欠缺的」，它存於一種炫目的光亮中，沒有形像，無固定形態，它是一種非個人式的「人」，它的伊底帕斯情結似乎是基底❺。在巴特看來，寫作是熟悉目的論辯證法的這種復舊性的。這種復舊性使否定的方式被吸收入一種肯定的相似物中（書寫的因素），但它只是一個類似物，因為被書寫的東西在不可把握的、非個人的、超主體的、無名稱的、音樂式的超語法化本文多重體中，永遠是已經破碎的❻。《Ｓ／Ｚ》就是這樣一個本文，它的符號學網絡借助於有代表性的去勢行動，既掩蓋了又揭露了被去勢者的聲音、音樂和藝術，他們似乎是由切割（incision）而釋放出的光亮。然而如果這種破裂現象容許書寫態勢的炫目光亮「在空間即是空間定位的迷亂作用之處」❼閃爍，並暗示著推動寫作主體的正是一種母性之光，那麼這種光亮

只能投射到研究的地平線上。符號學家在這種炫目光亮的掩護下，在他要照亮的昏暗的形式黑夜中，對炫目的這一側進行掃視，於是對巴特來說，寫作與其說是一種炫目之光，在此過程中主體由於迷亂作用而成爲其根由，不如說是邏輯上在此迷亂「之前」的一種操作程序，他透過語言的語義容量遵從著此程序的運用，並在其形式化表現的嚴格性中來呈現它。

正是根據這種語義操作程序的蹤跡，迷惑作用顯得像是一種客觀化作用。主體的雲霧凝結爲有自身歷史並處於歷史中的個人實踐之中，而本文表現爲一個主體（米歇萊、巴扎克、羅約拉、薩得、傅立葉）的作品，這個作品超越了生活，但主體的生活也分擔著作品的結構。於是形式化表現中摻入了一種客觀性的主體，對後者來說這種形式化表現就是實踐。人們需要一種雙重方法來對待本文：它必須透過語言的網絡來顯現，但也須透過傳記來顯現。每一種方法的比例已經核定有利於書寫的成分，然而後者僅只是釋放著、書寫著和理解著「生命體驗」而已。

因此並不存在本文的「絕對」匿名性，除了在研究的第一階段以外，而且僅只當非個人性構成著有關操作程序的「上」限時才如此。但是在稟賦著傳記、身體和歷史的主體之內還存在著分割性的客觀化，主體的這些因素應被插入本文以便確定其「下」限。

這種作爲客觀性實踐的辯證寫作觀也爲沙特探索過，即便他並未將其完成 ❽。巴特首次將其實現於有關米歇萊的論說中。因而語言不只是空洞而無限的意義萌生活動，透過語言學的和符號學的關係和單元來開闢自己的道路，而同時它也成爲一種實踐，一種針對異質性和物質性的關係❾。

但是，如果寫作是「人」的客觀化表現，是對這種客觀化表

現的超越，並賦予它歷史的可理解性，而且如果由於同樣的原因
寫作被看作是一般符號學的「實踐」（praxis）觀的基礎（而不被
看作是對以一種「實踐」理論爲基礎的符號過程的解釋，如通行
的存在主義的方法所認爲的那樣❿，那麼巴特的目標就是徹底分
析性的，並消除了那些存在主義思想所特有的，以及從思辯哲學
繼承來的實體因素。他代之以一種意指性作品，這些實體透過這
個作品而被構成（「作品」和「個人」的）。「整體性」以及「表現」
和「生命體驗」，無疑是在此程序中遭受損害最大的存在主義柱
石。從此以後，企圖根據把傳記和作品聯結起來的搖擺運動去做
出概括，而不細緻地檢驗意指性本文織體向符號學家提供的各種
方式，那將是過於天眞或幾乎不可能了。

6.清晰、夜、顏色

　　寫作陷於客觀化作用和迷惑作用之間，在介於態度（involve-
ment）和無神論之間，將受到科學研究之光的照射。巴特所提出
的現代化方略既出現於他的嚴格的符號學的作品中，又出現在他
的一切本文所固有的系統化層次中，這種現代化方略既符合又透
過這種科學之光產生作用。它透過證明、分析、綜合等程序演繹
地、謹愼地、一貫地、耐心地發揮作用。它說明著、證明著和闡
釋著，象徵的過程是在其聯接方式中起作用的。

　　巴特投射到幾乎是非個人性的寫作實踐上的光亮避免了意義
的躱閃（它的黑暗一側，與匿名性的炫耀一致）和歷史的神秘主
宰，即「形式」的事件序列，它伴隨著時間中的基礎與上層結構
的序列。這樣一種符號學的理性之光不考慮主體消失是否荒謬，
或是無意義？這種唯理主義既不承認作爲詩的否定性，又不承認
作爲運動的客觀性。

這種使符號學的和倫理的話語充滿活力的理解之光把詩人甩到一邊，「他聽見的是並不理解的語言」（布朗肖）。是否這是因為，如黑格爾說的，詩的作品被抽出了倫理的實體呢？是否在這種作品中任何固定的明確性都被無意識所吸收，在這裡任何（語言的或主體的）實體都是流動性的和耀眼的，像被用乾的一種墨水呢？是否在這種作品中主體在多種意義的外表下並不是「空的」，而是一種「主體的剩餘」，它透過荒謬性而超過了主體，以象徵的形式程序與荒謬性相對，其作用是去確定意義和主體呢？面對這種瀰漫著詩的剩餘的形式之夜，面對著這種未由語言的主體主人照亮的夜的形式，巴特的光亮失效了。從主體在非個人性與母性之「人」中的黑暗顯現裡，它只保持了經典的系統性，但未保持住被壓制的詩的鬥爭強度，只保持了被多元化了的支配作用，而未保持進行多元化的否定性。類似地，作為連續序列的歷史被分割為人的經驗。歷史只被概略地敍述，它被充滿了慾望之流中的諸原子所取代，這些慾望可透過它們口頭的（傅立葉）或針對客體的（薩拉辛）連接物被讀解。這些原子出現在它們各自的時間中，但卻是一種不流動的時間，這種時間把諸原子帶來或帶走，卻並不傳遞它們，並不結合它們，並不弄空它們，而只是進一步使它們充實。於是（真實的或文學的歷史就是巴特在其有關米歇萊的論述中稱作一種「熱誠的歷史」的東西，這是對社會或文學系統中嚴格的立法機制的一種軟化作用，一親密性的補充物，它具有著那種「孕育著雙性群眾的德性」的形式《米歇萊論米歇萊》，第五三頁）。透過理解的篩選，時間和運動為「個性」或「話語」所體現，這就是一種撒滿了無時間的「型式」的歷史性。「在這裡不再有延續性，一分鐘和一個世紀相當」，或再準確些說：「不再有世紀、年代、月份、日期、小時……時間不再存

在，在時間消失了」。(同上書，第五五頁)

　　但這種逃脫了符號學理解之光的夜與運動的附加物，將由批評家的寫作在語言本文織體之內產生出來，本文織體可產生光亮並融入寫作，使其陰暗和染上色澤。

7.作為否定性的語言：死亡與反諷

　　因此，語言在被抽乾了實體和觀念性之後，變成為主體與客體之間以及象徵與真實之間的分界域。它被理解為物質的界限，上述兩個方面按此界限彼此辯證地構成對方：「語言作為可能性的最初界限否定地發揮作用。」(《寫作的零度》，第十三頁)

　　在「結構主義」內部，巴特大概是第一位把語言看作否定性的，這與其說是由於哲學的選擇，不如說是由於他的研究對象之故。對他來說，文學是語言過程特有的否定性經驗和證明：「作家就是視語言成為一個問題之人，他體驗著它的深度，而不是體驗著它的工具性或美感。」(《批評與真實》，第四六頁) 寫作在經驗著這種否定性的歷程時，成為爭執、斷裂、逃避和反諷。在寫作之內，否定性對語言的統一性和對統一性的動因起作用。寫作在和主體一同工作時，打破了個體主人的、偶然性的、表面性的因素，使後者成為一種無機的自然 ⓫。一種被分割成分的粉碎過程。「在資產階級意識形態之外不存在語言場。……唯一可能的反駁既不是對抗也不是摧毀，而只是偷竊；把文化、科學、文學中舊的本文加以分割，並按照偽裝的程式改變其特性」；寫作能夠「超過一個社會、一種意識形態、一種哲學為它們自身建立的法則，這些法則建立的目的是要在歷史可理解性的洶濤中使上述幾個方面彼此一致。」(《薩得、傅立葉、羅約拉》，第十頁)

　　但是這種否定性達到了一種肯定性的邊緣，因為它在語言和

主體的內部引起作用。意指的物質性遵循那些也涉及到身體的和歷史的物質性的嚴格而抽象的法則，阻止了絕對否定性的運動，後者可能借助否定的神學而只存在於意指內。在寫作中否定性被表達者。新的意指過程歡迎否定性，以便把語言重新塑造爲一種普遍性、國際性的和超歷史的寫作語言。巴特選擇的作家是分類家、代碼和語言的發明家、圖誌學家、多面手。他們列舉、計數、綜合、連結、表述，他們是新語言的建築師。這至少就是巴特在從《寫作的零度》、《S／Z》直到《薩得、傅立葉、羅約拉》一系列作品探索的軸線，他在他們寫作的「血肉」中穿進穿出，以便發現新語言的新綜合結果。

　　對於批評家來說，他觸及並越過了語言中的這種意義破壞作用，所依靠的僅只是語言的和（或）自我指示性的傳遞軸。但是批評性寫作的表達程序必須與作家的表述程序區分。在文學批評中，寫作程序作用的定性被一種肯定性加以把握。它最終被一種意義所阻扼，這種意義清楚地揭示了批評家的寫作是完全被他人的話語所引發、維持和決定的。這就是說，它在傳遞關係的辯證法中起作用。「雖然我們不知道讀者如何對一本書說話，批評家本人則必須生產一種特殊的『語調』，而這種語調歸根結底只能是肯定性的。」（《批評和眞實》，第七八頁）。批評家不可能把「自我」融入產生著多面手的那種快速運行、自我調節的無機自然，但他仍然鎖接在他的儲備著多義性並認可它們的「我」之上的。「批評家就是那種不能產生小說中的『他』的人，但他也不可能把『我』抛回純粹的私生活中去，就是說，他不能放棄寫作。這是一種我的失語症，雖然他的語言中的其餘部分仍然是完整的，但卻以無限的曲折性爲標誌，這種曲折性（正如在失語症中一樣）是某一特殊記號的經常阻塞硬加於語言的（同上書，第一七八

頁)。他透過絕對同音異義過程,從他的混濁不清的「我」開始,然後移向某一他者的寫作,之後又回到這同一個「我」,它在此過程中變成了語言:批評家「面對著……他自己的語言」,「在文學批評中必定與主體對立的不是對象,而是對象的屬性」(同上書,第六九頁)。「象徵必須尋找象徵」(同上書,第七三頁)。

因此,批評家使自己捲入語言這個否定的操作程序,並透過他者的中介從寫書的否定性中持了一種弱化的但持續存在的效果。作家的死的衝動變成了批評家的反諷,因為每當一種倏忽即逝的意義被這樣一位讀者凝結起來時,就產生著反諷。佛洛伊德(Frued)在《笑話與其對無意識的關係》一書中正是指出笑的這種機制。它是一種具有在意思和無意思之間兩種意義的釋放行為。為了使其發生,一種意義的類似物必須在轉瞬即逝的片刻出現。批評家的任務正在於在一片否定性的汪洋大海中去凝聚一個意義的小島,看來沒有什麼比這件事更滑稽的了。因而在巴特看來,批評家可能「發展了科學正好欠缺的東西,它可以總括在一個詞裡:『反諷』,反諷不過是由語言向語言提出的一個問題」(《批評與真實》,第七四頁)。肯定其我而並非放棄其我的的批評家,利用反諷手法參與著書寫程序,這種反諷只構成了此程序中(眾多因素中)的一個因素。因為拉伯雷、斯威夫特、勞特雷蒙和喬埃斯是反諷式的。當我們把他們假定為(或者當他們把自己假定為)選擇一種意義的主體時,這種意義永遠是古老的,已經過時的,既可笑又飄忽不定的。

8.否定性的客觀化

既然語言即是否定性,它是一種超出其主體中心並包含著構成客體的擴大的中心的運動,它是順從(甚至在其否定活動性中)

法則的。寫作或許是其它法則的書寫活動，雖然它們不可能與象
徵功能中固有的否定性規則分離。當巴特談到「形式眞理」、「等
式」、「必要性」，甚至「法則」時，就指的是這些法則，「人是被
其語言顯示和表達的，是被超越其謊言範圍的一種形式現實所揭
示的，不論這些謊言的產生是出於自私還是慷慨」（《寫作的零
度》，第八一頁）。「如果寫作眞的是中立的，而且如果語言不是一
種麻煩的和固執的行爲，而是達到了一種純等式狀態，後者不過
像一個代數式一樣明確，當它與人的最內在部分相接觸時，那麼
文學就消失了」（同上書，第七八頁）；「語言的社會的或神話的
性質被取消了，以有利於一種中立的和惰性的形式狀態」（如上
書，第七七頁）；「如果福樓拜的寫作中秘藏著一個法則，如果馬
拉美的寫作假定著一種沈默，而且如果其他人的寫作，如普魯斯
特、塞林、奎諾、普雷維爾的寫作都以各自的方式建立在一種社
會性自然的存在上，如果所有這些寫作方式都含蘊著一種形式的
不透明性，並以一種語言和社會的問題爲前提，從而把語言確定
爲一種對象，它必須在手藝匠、巫師或雕刻家的手中接受安排。」
（同上書同一頁）

9.辯證的法則，書寫的法則：現實的寫作

　　寫作的實踐成爲區分和聯合由風格證實的主觀性的分水嶺
（「從一種亞語言出發，它被形成於肉體和外在現實結合之處」同
上書，第十一頁），這是透過被社會歷史所代表的客觀性實現的。
於是寫作被看作是一種「自在」和「自爲」的整體。比個人語言
的否定的統一性更明確，它否定了它。比一個本身什麼也不是的
外在客體更準確，它規定了它，正是透過借助否定性語言返回單
個說話的人的途徑。簡言之，它使人返回他者，後者既不是主觀

性個人又不是外在的客體，它是黑格爾的「自我運動」本身，並提供著法則的成分：「這個激勵原則的確定性就是區別，如果概念本身是法則的話。⓬」

雖然對巴特來說，寫作所書寫的法則是辯證法的，它卻不是黑格爾式的。我們記得，黑格爾說過「作爲不穩定顯相的穩定預感或圖畫的法則」⓭，必定使本身掌握無限性，以便削平物自身固有的這個區別和使其本身與現象保持一致。爲此，在第一個階段，「理解就認識到，它是一個在顯相領域內將要發生的不是區別的區別的法則。換句話說，它認識到，自我同一（gieichnamige）的東西即自我排斥的東西……⓮」。在第二階段，並在一段準確的過程之後，一個反轉的世界（可感世界的自在）被假定著，並始終出現於可感的世界中。這樣一種逆反的辯證法通向了黑格爾的無限性，後者由於自我同一性而存於再現作用之外⓯。

寫作確立了另一種合法性。寫作不是由理解的主體所支持，而是由一個被劃分的主體，甚至是一個被多元化的主體所支持，它不是佔有一個陳述作用的位置，而是佔有可轉移的、多重的和可動的位置。因此它在一個同音異義的空間內把現象的命名（現象進入象徵法則）和這些名稱的否定（語音的、語義的和句法的破壞）綜合起來。這種補充的否定（衍生的否定、對同名性的否定之否定）離開了齊一性的意義空間（命名的、或者「象徵的」空間），並且無「相像的」中介地移向超越其自身的生物—社會「基礎」，移向不能被象徵化之物（我們可以說，朝向「現實」）。

換言之，寫作中他律的（heteronomical）的否定性，一方面在理解（意義）的主體所實行的命名（話語的陳述）和多名性（polynomia）之間起作用，多名性即意義透過穿過無意思和顯示主體壓抑的各種手段（多語式、多義式等）而繁衍。《寫作的零度》

用「寫作」這個詞來表示這種他律類型；《S／Z》分析了該本文
中命名與多名性，主體與其消失之間的矛盾。但同時在另一方面，
他律的否定性在多名性及其本能的性能 (instincrual caihexis)
之間起作用。多名性是生物秩序和社會秩序的指示或意符 (ideo-
gram)。它是身體的一種非象徵性的記憶。在《寫作的零度》中，
它就是表示包含在寫作中的這種他律的風格。的確，「作爲一種參
照的風格是屬於生物學或傳記性質的，不是歷史的……與社會無
關的和對社會透明的，它是一個封閉的個人過程……一種在肉體
和外界現實會聚處發展起來的亞語言」(《寫作的零度》，第十一
頁)，「它的秘密是鎖在一位作家身體內的記憶」(同上書，第十二
頁)，「由於其生物學的根源，風格是存於藝術之外的，即存於把
作家與社會結合在一起的契約之外的」(同上書，第十二頁)。巴
特對傅立葉和薩得的研究暗示了展向這種生物一身體性的、超象
徵性的和超歷史的性能的可能性。

在這兩個方面（命名與多名性之間矛盾和象徵性與非象徵化
之間的矛盾），寫作的他律性並未在兩種「同一」之間起作用，這
兩種同一彼此排斥或融爲一個統一體。於是它也避免了黑格爾的
和後黑格爾的「美學宗教」。它絕不是從零產生，但沒有一個根源，
它包含著一種生產作用。「沒有根源」意味著，它是對一種第一層
原初意義的疊加意義或一種壓制，在巴特看來，這種原初意義永
遠是一種中立的象徵，一種無標記的代碼，一種未書寫的語言，
一種空虛的意義。「它包含著一種生產」意味著，多名性的疊加意
義（對第一種的，以及當一切說出和做完之後，虛無意義的壓制）
可在語言中辨識，它是一種象徵性「空虛」的超性能，其形成是
由於一種生物與社會的，以及本能的基礎，後者又是通過第一層
象徵作用（透過天然語言），而保持完整的，因此在某種意義上是

在它之前的，這樣人們可以通過「初級過程」的、「能指邏輯」的
相互作用來考察書寫行為，並穿越一個脫離書本的、戲劇化的主
體的語言。因此對文學來說，語言似乎是「按照自然秩序的方式
統一起來的全體歷史」(《寫作的零度》，第十頁)。「因此語言在文
學的內部的風格幾乎超越了它」(同上)；「另外一種寫作觀念是
可能的，它既不是裝飾性的又不是工具性的，總之是次要的而非
主要的，是在它所穿越的人之前的，而人是如此許多書寫現象的
奠定者」(《薩得、傅立葉、羅約拉》，第四十頁)。

顯然，寫作中的命名及其否定對異質性的系列起作用，並使
(被第一層定一象徵作用所規定的) 一個同名性 (homonomic)
意義的整分裂，以便重新導致在現實與象徵的向後、在事實之後
二者之間的主體生產作用。這樣就提了一種寫作理論的條件。符
號學可以是這類話語，如果它透過確認意義的他律性而從語言學
開始，並進而與精神分析學和歷史交遇的話，因此它的名稱 (「符
號學」) 關係甚小。

這條路徑已標誌清楚，寫作沿此路徑把被「命名的」「現象」
以不同方式組織入一種新立法程序中。它似乎要否認黑格爾的現
象和法則，因為它與「第一次」命名發生衝突，後者是法的領域。
本文，作為另一個名稱 (一個假名)，一個反名和代名，「斜穿過
各個話語以及『體裁』」。它只借助於分析敍述在語言成分中的位
置來影響「文學史」的回憶。巴特的第一次研究，記錄了寫作中
陳述空間的多重性，他所依靠的是本維尼斯特對語言中主體的語
言學分析，這一研究的對象就是菲里普•索萊爾的小說《戲劇》(「戲
劇、詩、小說」) ⓰，在這裡，人稱代詞的戲劇揭示了在寫作的架
構中被多元化的主體的行徑。寫作的「多重主體」既非抒情性的
「我」、儀式性的「你」，也非史詩的 (或更散文化的) 小說式的

「他」，這個主體同時穿越過這三種話語動因的場所，引起了它們的衝突，並承受了它們不同的顯現。

既然寫作把「主體」破裂為多重行為者，破碎為「話語」和「歷史」內意義保持和喪失的諸可能位置，它書寫的就不是根源性的父法，而是其它的法則，他們可以從這些代詞式的、超名詞的動因開始，以不同的方式陳述自己。它的合法性是非法的、矛盾的、同形異義的，相對於黑格爾的法來說是異主性的，它與一致性和原初性抗爭著。雖然人們可以在寫作看到一種運動，它似乎使人想起壓縮現象的概念辯證法和反轉的無限性，但書寫的邏輯是特別使其在一個被分割的空間內產生的，這個空間轉變了唯心主義的模式。寫作向閱讀行為提供著一種非象徵的「現象」，後者是無名稱的，因為它是「實在的」，而且其新穎性是由從象徵的、統一化的事例中產生的無限性。一種命名過程被這種使現實象徵化的不可能性所取代，然而其轉換作用和未來使它們能被書寫(例如以代名詞的方式)。

10.再現作用的復歸

同樣也是離開整體化的同音異義關係時，書寫法則不是假定對再現的超越，而是假定對它的滲入和更新。就這些法則是透過陳述過程而言，後者產生於由脫離書寫的主體佔據的意義的多重的和不能命名的位置，而且就它們把這些陳述與其動因結合在一起而言，它們解放了由這些陳述的主體產生的新再現作用。這種對「在過程中」的世界的新再現，說明了對理解的一個主體的型式的壓制（一種新的象徵對應著由慾望組織的本能衝動所連接的那種新圖誌），也說明了對意識形態、習慣和社會規則的強烈批評（寫作按其內在邏輯，否定了透過對現存世界的否定而得到的新

世界)。

對於符號學的後設語言而言，這種新的再現似乎是一種「雙重編碼」⑰，似乎是服從「外在的」或補充的法則的語言的再分配。它表現爲單純的名詞性的否定，因而也就是表現爲一種同意異義的否定，使名稱被置於自身之外，使其成爲其它複數化的名稱。但是，文學新潮派從這種否定中所把握的東西，是存於命名本身之外的；它不再是語言，或者只是隱喻地成爲語言，因爲有關的東西乃是材料，後者（透過衝動）在每一寫作中，按照一種特殊的型式，完成著一個永遠在變化過程中的句子⑱。

這就使重複有了理由，雖然我們可以在巴特的作品中發現與辯證原則、與新潮派活動的奇異表現，以及與當代文學理論方案的基礎有類似之處，這主要因爲我們是根據今日所寫的東西來讀解它們的。我們使用的術語、我們研究巴特時面臨的問題，都是由這類新潮派活動引起的，新潮派的史詩般的節奏，透過以新的方式把一種其破壞性影響被人們忽略了的批評傳統（拉伯雷、喬埃斯）與本世紀先派的形式經驗、與對正在衰微的語言和社會秩序的反叛加以綜合，就瓦解了虛幻的社會神話學。

面對著這個本文時，而且如果我們接受巴特倫理設想的必要性，問題就仍然存在著：我們如何構成一個新異質性的有意指作用的身體，對於這個身體、文學，以及更明顯地，這種讓我們以新的和不同的方式來讀解的新「文學」，可以不再只是一個「對象」呢？沒有任何其他人的著作，可像巴特的著作這樣展示一條解答這個問題的研究途徑。

三、科學和文學批評：音樂

「批評家」和「學者」的話語，取代了一般被看作軟弱無力的後設語言，這些話語開始分化和結合，以詳細說明寫作立法的異主性。

「學者」在超再現性的和超主體性的齊一系統內描述著否定性：他的話語發現了一種被破壞的、被多數化了的意義的語言程式，它是作為一種他律程序的條件，或準確些說，作為其標誌的。「一般話語的對象不是某特殊意義，而是作品意義的多重性」（《批評與真實》，第五六頁）；「內容之條件的科學即形式之科學，將與其有關的東西是被產生的，而且從某種意義上說，是可被作品本身產生的意義的改變。它將不解釋象徵符號，而只解釋其多義性，總之，其象徵將不再是一部作品的充分意義，正相反，它將是支撐全體的空的意義」（同上書，第五七頁）；「我們將不對作為一種不變秩序的，而是作為一種龐大『運作』性安排蹤跡的可能意義全體進行分類……這種安排從作者擴大到了社會。」（同上書，第五八頁）

對「批評家」而言，他承擔了指出他律的任務。這是怎樣進行的呢？透過話語中陳述的出現、透過引入主語的動因、透過採取被其「我」就是被其讀者的「我」所決定的一種再現性的、局部化的、偶然的言語。他在以自己的名字對某一他者說話時，引出了慾望：「在寫作內存在的一切慾望……都是清楚的」（《批評與真實》，第三三頁），我們應當要求批評家「使我相信你說話的決定」（同上書，第七五頁）；「從閱讀移向批評就是在改變慾望，

不再是去慾望作品，而是去慾望某人自己的語言」（同上書，第七九頁）；「作品被重要的虛構的寫作活動所交叉，在此寫作中，人性在嘗試各種意指作用，即各種慾望」（同上書，第六一頁）；「除了某種慾望外，在文學作品中不存在任何其它主要的所指項（significicutum）：寫作就是一種愛慾（Eros）」（《批評文集》，第 XVI 頁）；同樣的寫作：在分類中同樣的感官快樂，同樣的對切分的熱望……同樣的對列舉的迷戀……同樣的形象實踐……同樣的對社會系統的色情和幻想的塑造」（《薩得、傅立葉、羅約拉》，第三頁）；「描述的熱情被轉爲精神運用的熱情」（同上書，第七十頁）；「語言的能量（其運用是一種典型的藝術效果）是一種形式，而且是世界慾望的形式本身」（同上書，第六八頁）。「對於這樣一種以慾望爲其目的想像（而且人們希望符號學的分析會大量指出這一點），值得注意之點是，其實體是基本上可理解的；一個名字會促進慾望，一個對象則不會；意義會促進銷售，夢境則不會。」（《時裝系統》，第十頁）

應該破譯的網絡似乎分裂爲二。慾望，在這裡主體被捲入了（身體和歷史），以及象徵秩序、理性、可理解性。批評的知識結合了和統一了它們彼此之間纏結關係。

1.作爲異質性標誌的慾望

慾望使能指呈現爲異質性，反過來又透過能指來顯示異質性。因此，假定主體是經由其慾望而與能指相聯，就是說，主體透過意指而達到了象徵表現未闡明的東西，即使他對其進行了解釋：如將其看成本能衝動、歷史矛盾。

因而我們可以理解，巴特的作品爲什麼不只是對文學本文的科學法則的解釋。他的文學知識之所以是可貴的，正因爲它把作

爲「現實的」異質性標誌的能指中的慾望侵入，連接到科學所標
點的「一種龐大操作程序的蹤跡上去」。或許人們可以假定，對巴
特來說，「慾望」似乎是意指著相對於符號表現的異質性成分的識
別，這是一種物質性矛盾的空間，在這裡「他者」是主體的另一
個型式，兩性的另一種實踐。因此，在語言和寫作之間存在著「慾
望」，但是在寫作和批評知識之間也存在著慾望。因此並未形成一
個由若干重疊的後設語言組成的等級系統，而是成一個由若干自
由意指程序組成的流動系統，這個系統是靈活的，處於始終創生
的狀態之中。愛特羅斯作爲揭示者的這個慾望，不只是一種愛慾
的方式，這種方式後來發現了自己的絕對的說明。它同時也是使
知識與眞理過程結合起來的巴特的審愼細心的標誌。這種審愼細
心的道德含意被抹消了，如果我們認爲，對有關陳述主體科學的
中性眞理的這種侵入，並未使此眞理失效，而是引起人們對其運
作的程序、對其客觀生成作用的注意。在「人文科學」中一切偉
大學者（從本維尼斯特到李維史陀）的陳述，即多半是立法性的，
喪失了任何一種主體的陳述，表明已被這種「謙遜」所沾染，並
被「寫作」所影響。

　　在這種方法之內，陳述的理論基礎的單一性與寫作的他律性
發展發生了矛盾。作爲一種證明類型的「模式」本身，陷入於這
一矛盾之中。它的可理解性在從語言學中抽出以後，例如按照所
考察的對象（一個神話，一首詩或小說）被取得、因而被轉變之
後，就不只是存於在純科學或任何其它系統性的規則之內，它根
據後者以便賦予後設語言以一致性和賦予其對象以意義。這樣一
種模式的形式網絡，只能是這套本文全體的外側面，其內側面是
由非象徵的「剩餘物」構成的，這種形式網絡只有在慾望的否定
性中才可理解。沒有後者，模式就不會觸及意指運作程序的同音

異義性以外的客觀性，這正是巴特的批評知識建議我們去研究的。

2.作爲一種目標的慾望

巴特寫道：「似眞性的批評家，通常選擇字面意義的代碼」，而新批評則「把其描述的客觀性建立在描述的一致性之上。」（《批評與眞實》，第二十頁）

主體的慾望把主體與能指聯繫在一起，它透過這個意指獲得了一個目標，個人以外的價值，自在的虛空，他者，儘管如此卻仍然是（如同它在科學中的情形一樣）一個主體的慾望。這種現象只發生在文學中。寫作正是這種「自發的運動」，它把對一個意指的慾望的陳述變爲客觀的法則，因爲特殊的寫作主體是「自在和自爲」，不是區分的位置，而是在將區分克服之後所獲得的運動的位置。因此，它是這樣的位置，在這裡主觀與客觀的區別證明是無效的，在其被抹消之處，它似乎就依賴於意識形態了。因爲佛洛伊德在主體中，注意到了對意指的慾望未能獲得客觀價值，我們就可以得出結論說，文學實踐不存在於由精神分析學所探討的領域內。

巴特的研究，不是對這種「慾望成爲目標」現象怎樣在文學本文內發生的研究。他在把文學揭示爲一種可能的科學時，現身說法地爲這樣一門嚴格的科學研究舖平了道路。他自己的工作闡明，文學的特殊性存在於去意指非象徵物和不可象徵物（主體在其中凝合）的這種慾望和在歷史中被確認的客觀性二者間的過渡之中。

這是一種根本性的發現，對此，任何文學史、美學或風格學不可能想像到，如果它們仍囿於彼此分割的狀態的話。此外，在

（慾望和客觀性的）每一側面上，巴特都在追求不可能以圖式化
形式掌握和驗證的東西，不論是規則性、代碼、程式、必然性還
是代數學，簡言之，就是符號學。但是我們絕不應忘記，巴特的
符號學圖譜中的這些顛峰是從一個基礎上拔起的，這個基礎不能
加以公式化，它可被概括爲兩個詞：慾望和歷史。因此，巴爾扎
克、薩得和羅約拉都可在一個符號學圖式中被理解，這個圖式概
括了他們的寫作的合乎規則的客觀性，它滲透進生物學的主體和
描述的歷史之中。但同時，這些規則中的每一個都依賴於身體的、
生物學的、生機的和歷史的因素。經驗的、不可控制的、無規則
的、偶然的對象從此圖式以外的來源出現，前者支持著後者，使
後者浮動，並產生著後者。巴特發現的特殊意義，正在於規則性
與不可分類的客體多樣性之間的這種結合之中，即統一性與多元
性的結合，即對客觀性同時加上對客體的主觀慾望的一種渴望。
巴特報導我們，從文學實踐內部進行闡述的法則，永遠顯示了這
種二重性，這種非對稱性和辯證法。他發現這些法則正是本文的
基本原則，正如我們已指出的，它們構成了他自己的行進之規。

3.法則（Law）與規則（Rule）

表面上，從巴特的本文分析內部開始產生的東西，就是對一
種辯證的法則概念的粗略草圖。他爲意指系統擬製的這些法則，
並不具有支配著一種形式的、邏輯的程序的規則（rule）的意義；
但它們的確傳達了有關在寫作使其成爲目標的兩個層次（象徵與
實現，主體與歷史）之間的一種辯證法，一種「運動」或一種「界
限」的「精確性」（這些都是巴特的用語）的涵義。巴特的符號學
法則，描繪了主觀性穿過歷史和在意指本文網絡（語言、形象等）
內形成的客觀化作用。因此，我們可以理解，巴特的符號學不是

一種形式化工作，他如此激怒語言純正癖者的表述方式都存在於
這種辯證法則秩序的領域中。

這種理論態度，使巴特能夠逡巡於精神分析學的邊緣，不致
於在論述寫作問題時犯錯誤。在他的寫作中，他的文學知識、他
對文學的理解，都佔據著一種無意識理論及其在寫作中的作用的
位置。但是巴特有關「寫作」的概念和實踐，即作為代替「文學」
的一個概念和作為一種程序的寫作，並不是與佛洛伊德的發現無
涉的。「客觀的」他者的自在和自為，否定著和決定著「主觀的」
因素，它是在語言之內起作用並遵循著一定法則的，指出這一點
將足以為精神分析法則和辯證法則確立共同的基礎了。

然而對巴特來說，這一立場與其說證明是一種理論的場所，
不如說是一種有關寫作的「實踐知識」。

4. 音 樂

對一段本文的讀解無疑是理論發展的第一個階段。其概念支
承面被減弱了的一種讀解，是下述問題的領域：讀解主體的慾
望，他的衝動、性、對音素網絡的注意、句式的節奏。使主體重
新獲得一種感情的特殊義素、音樂、笑等等，不斷豐富、發展和
繁衍著的最富「經驗性」的一種事件或讀解。讀解的我的身分在
這裡失去了，被原子化了；這是一段享樂的時間，在這裡人們在
另一個本文下，在他者之下發現了一段本文。這種罕有的能力正
是論述「科學」和「批評」分界線之巴特著作產生的條件（巴特
或許是唯一一位能理解其研究者的人）。「本文是一個快樂的對
象」（《薩得、傳立葉、羅約拉》，第七頁）；「問題在於，把從我
們欣賞的本文中產生的不可理解的『程式』的諸片段引入日常生
活」（同上）。

　　同時，一種規則性已經出現，它把這些原子聚攏：一個架構展示了欣快，並「使快樂、幸福、交流都依賴於一種穩定的秩序，或者更大膽地說，一種連接詞」(《薩得、傅立葉、羅約拉》，第三頁)。一種和聲在我們周圍組織了聲音。「我」不是去讀解之人，規則性、構架、和聲的非個人性時間，抓住了為去讀解而被分散了的「我」。於是你在讀解時，正如你在聆聽音樂時一樣：「批評話語的度量是其精確性。正像在音樂中一樣……」(《批評與真實》，第七二頁)。在我們達到說明性語言之前還剩下最後一步。我們必須透過發現一種代碼來找到去交流這一音樂的方式，同時允許已被說的東西和未被說的東西任意地飄浮。

5.外在的括入

　　在這裡巴特的目標是攫獲形成音樂、產生寫作慾望的法則。但同時，也是去體驗一位讀解者的慾望，去發現此慾望的代碼和將其記錄下來。因此後設語言並未解決一切問題。理論話語並不是被拋棄的主體話語，而是這樣一位主體的話語，他探索其慾望的法則，並在浸入意指和拋棄其未知身分（理論話語非比非彼）之間有著鉸接器的作用。其新穎性是在一個前置詞的不同用法中被度量的。他並不說關於 (about) 文學的話，而是對 (to) 文學說話，猶如對其作為激發者的他者說話一樣。由於這種不同的前置詞用法，巴特的語言就存於學者的有限制的話語之外，並促使他採取作為一種客觀必要性的「行話」：「『行話』是想像的產品（它像想像一樣引起震驚），是對隱喻性語言的接近，這種語言是思想的話語有朝一日所必需的」(《批評與真實》，第三四頁)；「行話」是他者的語言，他者（但不是其他人們）即非自我者；由此而產生了其語言的試探性」(同上，第三一頁)。但是客觀性又在

何處呢？我們有什麼樣的「保證」來反對那種「歪曲」「對象」本身的、即文學本文的真理的慾望可能性呢？

這種話語的辯證客觀性來自其「真理」，在一種外在於其「對象」的一種括入運作中構成著自身。其真理就在於產生這種括入運動（與經典科學的排除程序正相反），後者假定著和超過了其主觀的中心（它在科學中被拋棄了，在意識形態中被人格化了），其方法是透過關注一種認知的和永遠作為在認識話語之外的（異於認知性話語的）區分（寫作），同時揭示著由此話語所表述的辯證法則。這片知識的新大陸，觸及了意識形態、宗教和「藝術」，這樣它就在其對象中透過一種外在的括入程序表述了自身。

自巴特所預見的這種對文學可能的理解，透過巴特所說的「批評的」作用，即借助於它所闡明和使其相互作用的慾望與異主性，具有一種科學無法得到的知識。它使認知主體捲入對語言的一種分析關係之中，捲入對徵象和其主體的不斷的質問，它以一種在哲學上毫不鬆懈的永久奮爭態度來這樣做。這樣一種話語宣佈了似乎為一種最終意識形態更新所需要的東西：主體的覺醒。

這種覺醒出現的同時，使「現實」象徵化的意指的慾望也開始起作用，這個現實陷入了主體的過去，或者對社會來說它是可疑的了。與此同時也展現出同音異義的主體的欄柵，這個進行整體化的和被拋棄的主體對積極的、身體的和社會的物質性加以質問。這種同時性在文學中，特別在當代新潮派的文學中被完成了。的確，因此之故，這樣一種文學才會在當前產生功效。

今日文學能完成什麼任務呢？這個倫理學的和政治的問題，永遠出現在新聞界和學術界傳聞添加於新潮派的形式主義外表中。文學能完成什麼呢？也許沒有人知道，然而人們必須給出一個回答。如果他不想放棄時間的話：在其中形成著本文的歷史時

間以及微觀時間這個「他者」。一個回答是：從何處？何時？巴特的工作和他所倡導的文學批評趨勢（它仍然推動著他）也許是這樣一種徵兆，他指出，這種寫作力量在我們時代和按照歷史的必然性，穿透了一切並不逃避其主體性的話語：「知識」、「政治」，以及就一般而言任何有意義的藝術。對巴特來說，有關這種寫作的可能知識的構成是一種深刻的社會變化的徵兆，「其重要性和所涉及的同樣問題，有如標誌著從中世紀向文藝復興過渡時的徵兆」（《批評與眞實》，第四八頁）。

註　釋

❶譯自克莉思蒂娃：《語言中的慾望》，英文版，1990年，哥倫比亞大學出
版社，紐約。

❷本文提及巴特的書籍所使用的版本如下：

《批評文集》，英文版，西北大學出版社，1972年。

《批評與真實》，法文版，色伊，1966年。

《符號學原理》，英文版，黑爾和王出版社，1968年。

《米歇萊論米歇萊》，法文版，色伊，1954年。

《神話學》，英文版，黑爾和王出版社，1972年。

《薩得、傅立葉、羅約拉》，英文版，黑爾和王出版社，1976年。

《時裝系統》，法文版，色伊，1967年。

《S／Z》，英文版，黑爾和王出版社，1974年。

《寫作的零度》，英文版，黑爾和王出版社，1967年。

❸「有關『精神能量』和『釋放』的概念及對作為一種量值精神能量的處理，
自從我開始從哲學角度整理精神病理學資料以來，現已成為我的思想習
慣」；佛洛伊德：《玩笑及其與無意識的關係》，英文版，1960年，第147
頁。

在巴特的著作中只是最近才援引佛洛伊德，而且從未加以發展。它從未涉
及佛洛伊德學說中有關精神活動的經濟學概念（本能衝動的各理論，後設
心理學）；然而控制著寫作概念的辯證語義學及其與說話主體的明顯關
係，令人信服地使巴特的研究列入一種與這些佛洛伊德的立場一致的（或
可以使其一致的）的思想之中。

❹「……一套神話，它在因果上可以其每一個成分與歷史相聯繫，但它從整

體來說拒絕著後者的進程，並不斷重新調節著它自己的架構，以便對事件之流提出最小的抗拒，經驗證明，事件之流強大得足以將其粉碎並以強勢將其捲走。」——克勞德·李維史陀：〈神話時間〉，載於《年鑑》，1971年5月～8月，26(3)，第540頁。

⑤「也許母性形象的力量從迷惑力量本身引出了其迸發性。我們也可以說，如果母親運用其迷惑吸引力，這只是因為孩子先前完全生活在迷惑的目光下；它將一切魅惑的力量都集中於自身了。……迷惑基本上是與不確定的某人，完全無定型的某人的中性和非個人的存在聯繫在一起的。……寫作就是進入一種對孤獨性的肯定，在這裡，迷惑是作為一種威脅因素起作用的。」摩里斯·布朗肖：《文學的空間》，法文版，加里瑪出版社，1955年，第24頁。

⑥「拼寫錯誤」(paragram) 概念與索緒爾的「換音造詞」(anagrams) 概念有關係。克莉思蒂娃在其論文〈論超字符符號學〉中曾對此加以討論，該文收入她的《意指分析論》（編者）。

⑦布朗肖，第22頁。

⑧「作品向生活提出問題。但我們必須理解這是什麼意思；為個人客觀化表現的作品，實際上比生活更完全、更完整。肯定它有其生活之根源；它闡明了生活，但它只在自身發現了它的完整說明。然而對於這完整的說明為我們所知來說它仍然過於短促了，生活是由作為一種現實的作品所闡明的，其完整的決定作用是存於其本身之外的，既存於產生它的條件之內，又存於藝術創造之中，後者實現著它，並透過表現它來將其完成。因此，作品（當我們探討它時）成為一種假設和闡釋傳記的研究工具。……但我們也必須知道，作品從不揭示傳記的祕密。」——沙特：《方法的探求》，英文版，克諾普夫出版社，第142～143頁。

⑨「作為一個人與另一個人的實踐關係的語言是實踐 (praxis)，而實踐永遠是語言（不管是真的，還是欺騙的），因為它不可能不意指自身而發生。

……『人的關係』實際上是一種個人間的諸結構，它們的共同紐帶是語言，而且它實際存在於歷史的每一瞬間。」——沙特：《辯證理性批判》第1卷，英文版，新左翼出版社，1976年，第99頁。

⑩「從直接性中產生的第一種考慮是主體自身與其本質的區別過程。」黑格爾：《精神現象學》，英文版，麥克米倫公司，1949年，第804頁。

⑪同上，第315頁。

⑫黑格爾：《小邏輯》，英文版，人文學出版社，1969年，第725頁。

⑬黑格爾：《精神現象學》，第195頁。

⑭同上，第202頁。

⑮「這個絕對的區別概念，必須純粹作為內在的區分、對作為自我同一的自我排斥，以及作為非相似的相似性，加以說明和把握。我們必須思考純流動，對立本身中的對立或矛盾。因為在作為一種內在區分的區分內，對立面不只是兩個因素之一（如果是這樣的話，它就不是一個對立面，而是一個純存在物了），它是一個對立面的對立面，或者說他者本身直接地和立即地出現於它的內部。無疑我使對立面和作為此對立面的對立面的他者區別開來；這就是說，我使此對立面在一側，按其本身來把握，不考慮他者。然而正因如此，我完全按其本身把握此對立面，它就是它本身自我的對立面，就是說它實際上直接將他者納入它自身之中。因此顛倒世界的超感覺世界同時超越了他者的世界並在本身之內擁有了他者；它是自我意識到了被顛倒（für slch verkehrte），即它是它自身被顛倒的形式；它是那個在單一統一體中的世界本身和其對立面。只有這樣，它才是作為內在區別的區別，或區別本身；換言之，只有這樣，它才具有無限的形式。」同上。第206～207頁。

⑯太凱爾：《整體理論》，法文版，色伊，1968年，第25～39頁。

⑰福納吉：「言語中的雙重編碼」，載《符號學》，1971年，第3(3)卷，第189～222頁。

⑯有關在主體相對於去勢作用的準確位置所控制的獨一性本文中，本能衝動通過語言的書寫活動的主體問題，參見索萊爾：〈物質及其語句〉，載《批評》，1971年7月號。

參考書目

巴特著作

　　參考書目中我只列入一些書籍和一篇訪問記。關於巴特大量文章的篇目，參見斯太芬・黑思的《移位的轉向》（巴黎，法雅出版社，一九七四年），以及最近出版的安奈特・拉威爾斯的《羅蘭・巴特：結構主義及其之後》（倫敦，劍橋大學出版社，一九八二年）。我標出了紐約黑爾和王出版社出版的英譯本中的頁碼，這些譯本中大多數也由美國喬納森・開普公司發行。

(1)《巴特文選》，蘇珊・桑塔格（編），紐約，一九八二年。

(2)《描像器：論攝影》，巴黎伽里瑪和色伊出版社，一九八〇年；紐約，一九八一年。

(3)《批評與眞實》，巴黎色伊出版社，一九六六年。

(4)《寫作的零度》（一九五三年），附《新批評文集》，巴黎色伊出版社，一九七二年。紐約，一九六八年。

(5)《新批評文集》，紐約，一九八〇年。

(6)《符號學原理》（一九六四年），附於《寫作的零度，附符號學原理》，巴黎色伊出版社，一九六五年；紐約，一九六八年。

(7)《記號的帝國》日內瓦斯基拉出版社，一九七〇年；紐約，一

九八二年。

(8) 《批評文集》，巴黎色伊出版社，一九六四年；美國西北大學出版社，一九七二年。

(9) 《戀人絮語》，巴黎色伊出版社，一九七七年；紐約，一九七八年。

(10) 《音粒：一九六二～一九八〇年對談錄》，巴黎色伊出版社，一九八一年。

(11) 《形象、音樂、本文》，斯太芬‧黑思（編），紐約，一九七七年。

(12) 《就職講演》，巴黎色伊出版社，一九七八年；英譯載《巴特文選》。

(13) 《米歇萊自述》，巴黎色伊出版社，一九五四年。

(14) 《神話學》（一九五七年），巴黎色伊出版社，一九七〇年；紐約，一九七三年；部分文章並載於《艾菲爾鐵塔和其它神話學》，紐約，一九七九年。

(15) 《本文的歡悅》，巴黎色伊出版社，一九七三年；紐約，一九七五年。

(16) 《訪問記》，載《太凱爾》第四十七期，一九七一年。

(17) 《巴特自述》，巴黎色伊出版社，一九七五年；紐約，一九七七年。

(18) 《S／Z》，巴黎色伊出版社，一九七〇年；紐約，一九七五年。

(19) 《薩德、傅立葉、羅耀拉》，巴黎色伊出版社，一九七一年；紐約，一九七六年。

(20) 《作家索萊爾思》，巴黎色伊出版社，一九七九年。

(21) 《論拉辛》，巴黎色伊出版社，一九六三年；紐約，一九六四年。

(22) 《時裝系統》，巴黎色伊出版社，一九六七年。

關於巴特的著作

論述巴特最好的書是黑思的《移位的轉向》和拉威爾斯的《羅蘭·巴特：結構主義及其之後》。菲利普·索迪的《羅蘭·巴特：一個保守的估價》（倫敦麥克米倫公司，一九七七年）包含了豐富的信息，他一些想當然的論述頗有吸引力。《前本文：羅蘭·巴特》（巴黎大通出版社，一九七八年）是在塞里西巴特討論會上的會議記錄，巴特參加了此次會議。許多期刊都發行過巴特專刊：《太凱爾》第四十七期，一九七一年秋；《批評》第三〇二期，一九七二年一月；《拱門》第五十六期，一九七四年；《可見的言會》，一九七七年秋季號；《二十世紀文學研究》，一九八一年春季號；《詩學》第四十七期，一九八一年秋。由布爾尼爾和蘭姆保撰寫的模仿作品《巴特語初階》（巴黎巴拉爾出版社，一九七八年）含有值得一讀的內容。關於在法國結構主義領域內其它有關巴特的討論，參見卡勒爾的《結構主義詩學：結構主義，語言學和文學研究》（康奈爾大學出版社，一九七五年）。

桂冠新知叢書 17

羅蘭·巴特

著者——喬納森·卡勒爾
譯者——方謙
出版——桂冠圖書股份有限公司
發行人——賴阿勝
地址——臺北市 10769 新生南路三段 96-4 號
電話——3681118 · 3631407
電傳（FAX）——886-2-3681119
郵撥帳號——0104579-2
登記證——局版臺業字第 1166 號
印刷——海王印刷廠
初版一刷——1992 年 1 月
◎本書如有破損、裝訂錯誤，請寄回調換。

ISBN 957-551-478-5
定價——新臺幣 150 元

國立中央圖書館出版品預行編目資料

羅蘭·巴特/ 喬納森·卡勒爾（ J. Culler ）
著；方謙譯. -- 初版. -- 臺北市：桂冠，
1992〔民81〕
面； 公分. -- （桂冠新知叢書：17）
譯自：Barthes
參考書目： 面
含索引
ISBN 957-551-478-5（平裝）

1. 巴特（ Barthes,Roland ）－學識－語
言學2. 法國文學－哲學，原理－歷史

876.019 81000217